光文社文庫

文庫書下ろし／連作時代小説

電《でん》光《こう》剣《けん》の疾風《かぜ》

牧　秀彦

光　文　社

この作品は光文社文庫のために書下ろされました。

目次

松風《まつかぜ》薫《かお》る

一

天保《てんぽう》四年（一八三三）八月。

八朔《はっさく》を過ぎ、暦の上では疾《と》うに秋を迎えていたが、未だに残暑は厳しかった。

江戸城下では緑の多い上野《うえの》の山でも、日中の陽射《ひざ》しの強さは耐え難い。

その上野から乾《いぬい》（北西）へ五町（約五四五メートル）ばかり歩けば、根津《ねづ》に至る。

名刹《めいさつ》の根津権現《ごんげん》を中心に広がる、閑静な地である。

かの日本武尊《ヤマトタケル》が創祀《そうし》したと伝えられる古《いにしえ》の社《やしろ》が宝永《ほうえい》二年（一七〇五）に団子坂上《だんござかうえ》の千駄木《せんだぎ》から根津の地へ遷座され、五代綱吉《つなよし》公の治世下で始められた天下普請《ぶしん》と称する大造営が完成したのは翌三年のことだった。

将軍家の権威の下に造られた社殿は、どれも壮麗そのものである。

表参道を辿《たど》って楼門を潜《くぐ》れば、そびえ立つ権現造りの本殿が見えてくる。周りをぐるりと囲む透塀《すきべい》の隅々に至るまで、すべてが朱色も鮮やかな総漆塗りで仕上げられていた。

造営から百三十年近くを経ても、名刹としての威光は些《いささ》かも変わってはいない。しかし打ち続く残暑のせいなのか、いつもならば参拝の善男善女でごった返しているはずの境《けい》内《だい》も閑散としている。きつい陽射しをものともせずに、午前《ひるまえ》から潑剌《はつらつ》と駆け回っているのは小さき者たちばかりであった。

「お松《まつ》が鬼だぞ！」

「あーん、まってよぉ」

三歳ばかりの女児が、おぼつかない足取りで皆を追っていく。

襁褓《むつき》がまだ取れていないらしく、裾《すそ》短かの単衣《ひとえ》のお尻がまるく膨らんでいた。

十人ばかりのちびっ子は汗をかきかき裸足《はだし》で土煙を蹴立てて、楼門前で鬼ごっこに熱中していた。界隈《かいわい》の長屋住まいの子どもらにとって、広い境内は格好の遊び場なのだ。

鬼になったお松は懸命に追いかけ回すが、なかなか皆を捕まえられない。

「ほら、こっちだぞ！」

「赤んぼなんかに、つかまるもんかー」

ちょこちょこ駆けてくる女児をからかいながら逃げ回っていた二人の男の子が、思いっ切り後ろから蹴っとばされた。

「こらっ!!」

蹴りをお見舞いしたのは六つか七つと見受けられる、ちび連の中では一番年嵩《としかさ》の女の子だった。

勢いの付いていた二人は、鞠《まり》のように素っ飛ぶ。

「いたいよ梅《うめ》ちゃんっ」

「なにするんだよう……」

転んで砂だらけになったまま、きかん坊たちは恨めしそうに相手を見上げる。

「あんたたちこそ、なにしてるのよ?」

お梅と呼ばれた少女は、ふんぞり返って肩を怒らせた。

両の頬《ほほ》がぽっちゃりとした、まん丸い顔の形こそ愛くるしいものだが、両の目が細く吊り上がっている。

見るからに、気が強そうな顔立ちをしていた。

「お松ちゃんは小さいんだから、みんなてかげんをしてあげなくちゃだめなんだよ!」

一喝されたとたん、男の子たちは黙り込んだ。

どうやら、このお梅が長屋のちび連を仕切っているらしい。

きかん坊たちも文句をつけられぬほど腕っぷしが強いのは、足首の捻《ひね》りを利《き》かせた見事な蹴りっぷりで自《おの》ずと分かる。女の子ながらなかなか貫禄のある、がき大将ぶりだった。

と、そこにちいさな手が伸びてきた。

「おうめちゃん、つーかまえた」

洗い晒《ざら》した単衣の袖が、お松にしっかりと摑《つか》まれている。数えで三歳になったばかりの幼子《おさなご》は、自分が庇《かば》ってもらったことになど気付いてもいないのだ。

しかし、対するお梅は気を悪くしたりはしなかった。

「しょうがないねぇ」

女児の手をそっと握り返してやると、皆に向かって宣言する。

「それじゃ、こんどはあたしが鬼だ！　ぼやぼやしていると、たけぞうときくじみたいにみんなけっとばしちゃうぞ！」

おびえるかと思いきや、子どもらは一斉に歓声を上げた。

「わーい!!」

お転婆《てんば》娘に煽《あお》られて頰を紅潮させ、たちまち元気一杯に駆け出していく。

貧しくとも皆、素直で健《すこ》やかな子ばかりであった。

二

賑やかな歓声は境内の築山《つきやま》にある、乙女稲荷《おとめいなり》神社にまで聞こえていた。

裏参道へ通じる道に沿って境内の西門側に設けられた築山には、根津権現と別の二社が鎮座していた。鬱蒼《うっそう》と茂る木立ちの中、連なる鳥居も目に鮮やかな参道が両側に細く長く延びているのが、倉稲魂命《うかのみたまのみこと》を御祭神として祀《まつ》る乙女稲荷だ。

ずらりと並んだ鳥居と同じく、社殿は赤く塗られている。小さいながらも壮麗な社殿の前には泉水《せんすい》が滾々《こんこん》と湧き出ていた。

幾尾もの鯉《こい》が涼しげに泳ぐ水面に、人影が見える。

稲荷の社に参拝する者の影ではない。一人の若者が浴衣《ゆかた》の裾をはしょって褌《ふんどし》を剝《む》き出しにした格好のまま、畏《おそ》れ多くも神域の泉水の中に踏み込んでいるのだ。

行き交う者は誰もいない。

人の目が届かぬのを良いことに、この若者は泉水の中で涼んでいたのであった。

「あー、生き返《けえ》るぜぇ……」

伝法《でんぽう》な口調でつぶやきながら、若者は大きく伸びをする。

精悍《せいかん》な横顔が、木洩《こも》れ日の下に浮かび上がる。

二十代半ばと思《おぼ》しき若者は、彫りの深い造作をしていた。

両の瞳は大振りで、見るからに眼力が強そうである。

がっちりした顎《あご》の張り、そして黒々とした太い眉が、持ち前の意志の強さを感じさせて止《や》まない。

身の丈は六尺（約一八〇センチメートル）よりわずかに低いが、伸びやかな四肢は細身ながらも能《よ》く鍛えられている。

膝《ひざ》の上まで水に浸した両の脚は、存外に逞《たくま》しい張りを示していた。

草いきれに混じって、鬢《びん》付《つ》け油が芳《かんば》しく匂い立つ。

髷《まげ》を太めに結った髪型は郎君風《ろうくんふう》と呼ばれる、大身の武家の子弟に特有のものである。

月代《さかやき》も青々と剃《そ》られていた。安物の浴衣を無造作に着てはいても、髪結床《かみゆいどこ》に通う銭だけは惜しむことなく散じているのだろう。

男臭い顔立ちには、どことなく気品が感じられた。

言動こそ町人、それも盛り場を徘徊《はいかい》したり賭場に出入りする遊び人めいてはいたが、お忍びの若様と見受けられぬこともない。

何者なのかが判然としない、不思議な若者だった。

不可解な点はもうひとつ見出《みいだ》された。

泉水の鯉たちは、まったく警戒していない。

無遠慮に縄張りへ踏み込まれていながら一向に騒ぎもせず、肩幅に拡げて立った若者の脚の間をすいすいと泳ぎ抜けて行きさえもする。

この若者は、完璧に気配を抑えた自然体で立っているのだ。

目を閉じて寛《くつろ》いでいながらも、体の重心はしっかりと安定していた。

平素から身に付いていなくては、斯様《かよう》な立ち居振る舞いはできないはずだった。剣術か柔術なのか判然としないが、よほど武芸の修練を積んでいるのだろう。

「ぐすぐったいぜ」

鯉の髭《ひげ》が触れたのか、若者はくすっと微笑《ほほえ》む。

楼門のほうからは、鬼ごっこに興じる長屋の子どもたちの元気な声が、絶えることなく聞こえてくる。

「待てっ!……」

お梅がまた一人、誰か捕まえたらしい。

切れ切れに歓声が耳に届くたびに、若者は笑みを誘われていた。

「あのお梅ってのは、ほんとに男勝りなちびっ子だなぁ。大きくなっても、あれじゃ嫁の貰《もら》い手を探すのに苦労するこったろうぜ」

どうやら、子どもたちのことを知っているらしい。根津の地に馴染《なじ》んできていればこそ御神域の泉水に足を踏み入れるようにもなったのだろう。

むろん慎まねばならないことなのだが、この若者にはそんな振る舞いを無邪気にやってしまいそうなところがあった。

子どもたちの声はまだ聞こえている。陽射しこそ変わることなくきつかったが、午前の根津権現の境内にはのんびりした空気が漂っていた。

と、歓声が不意に途絶えた。

「ん？」

代わりに、何やら怒鳴り合う声が若者の耳に入ってくる。

境内で争いごとが始まったらしい。

先程のように子ども同士でじゃれあっているだけならば、なにも自分が割り込むことはあるまい。

しかし、大の大人が喧嘩《けんか》騒ぎをおっ始《ぱじ》めたとなれば話は別だ。

若者は水面を揺らすことなく、すっと踵《きびす》を返した。

足元で戯れていた大きな鯉が、逞しい臑《すね》をかすめて泳ぎ去っていく。

泉水の脇には雪駄《せった》が脱ぎ捨てられていた。底革の重ねも分厚い特注品だった。

濡《ぬ》れた足をそのままに、若者は雪駄を突っかける。

はしょった裾を直しながら透塀沿いに、楼門へ向かって歩き出す。

雪駄のかかとに付けた銅の尻鉄《しりがね》が石畳に当たるたびに、ちゃりちゃりと小気味の良い音がした。

麻地の浴衣の裾が、風にはためく。

大きくはだけた胸元から、金襴《きんらん》のお守り袋が覗けて見える。

堂々と胸を張った若者は慌てた様子もなく、それでいて速やかに歩を進めていく。

本多誠四郎《ほんだせいしろう》、二十四歳。

今夏から根津に住み着いた若者は界隈の人々から誠の字、誠さんと呼ばれていた。

三

境内の楼門前で睨《にら》み合っていたのは年若い武士たちだった。いずれも誠四郎と同じ世代の、まだ二十代半ばと思しき者ばかりである。

「旗本がなんじゃ！」

「おのれが如き奴輩《やつばら》に頭を下げる謂《い》われはないぞっ!!」

盛んに息巻いているのは、貧乏御家人の子弟と見受けられる面々だ。

頭数は四名。いずれも洗い晒した木綿の単衣に夏袴《なつばかま》という装いである。剣術道場の朝稽古帰りらしく、使い込んだ防具と竹刀《しない》を足元に放り出していた。帯びた二刀は揃いも揃って鞘《さや》の塗りが剝《は》げちょろけの、粗末きわまる代物《しろもの》ばかりだ。

喧嘩を売った相手は、たった一人の旗本だった。

「弱い犬ほど、よく吠えるものだの。おまけに軽輩のくせに礼儀も知らぬとは、呆《あき》れて物も言えぬわ」

うそぶく旗本は細面《ほそおもて》で、目鼻立ちがすっきりと整っていた。

唇は心持ち分厚いが、切れ長の双眸《そうぼう》も筋の通った鼻も優美そのものである。

小憎らしいほどの二枚目顔《づら》に、旗本は酷薄な笑みを浮かべていた。

造作ばかりが目立っているわけではない。

その装いも、完璧に洗練されていた。

見すぼらしい一団に対し、高価な上布《じょうふ》製の単衣をさらりと着こなしていた。

薄地越しに覗けて見える、白い肌襦袢《はだじゆばん》には皺《しわ》ひとつ無い。

引き締まった長身に、裄《ゆき》も丈もぴったり合っている。

腰の大小は研ぎ出しも鮮やかな刻み鞘に納められており、刀装具《とうそうぐ》には凝った彫りが施されていた。象嵌《ぞうがん》入りの銀製の鍔《つば》だけでも、居並ぶ御家人たちの大小刀をまとめて売り飛ばしたところで引き替えにならぬほどの、高価な品と見受けられた。

どこから見ても、富裕な旗本家の跡取り息子といった風体である。

「儂《わし》を怒らせぬほうが良いぞ、おぬしら」

「ううっ……」

喧嘩を売ってきた御家人たちのほうが、明らかに腰が引けている。

美形の旗本は度胸が良いだけでなく、かなりの剣の遣い手と見受けられた。

目付《めつけ》ひとつを見れば、修練の程は自ずと察しが付く。

複数の者と相対《あいたい》するとき、視線は正面の一人だけに向けていてはならないとされるのが剣術修行上の要諦《ようてい》である。

前後左右に立った敵が、どの方向から先んじて襲いかかって来ようとも後《おく》れを取ることなく制することができるように、四方へ気を張り巡らせるのだ。

むろん、言うは易《やす》いが行うのは難《かた》い。

しかし、この若い旗本の目付は完璧だった。遠くの山を望むが如く、むろん一点を注視することもなく、切れ長の双眸をごく自然に見開いていたのである。

剣術用語で遠山《えんざん》の目付《めつけ》と呼ばれる対敵動作を、完璧に我がものとしているのだ。

「どうした？」

対手《あいて》が気圧《けお》されているのを承知の上で、旗本はずいっと前に出る。

足元を見れば、小洒落《こじゃれ》た鴉表《からすおもて》の雪駄を素足に突っかけたままだった。御家人たちは藁《わら》緒《お》の冷飯草履《ひやめしぞうり》を脱ぎ捨てて裸足になり、動きやすいように臨戦態勢を取っているのに対し無造作そのものの立ち居振る舞いである。

それでいて、隙をまったく見出せない。

旗本の全身からは静かな、しかし鋭い気迫が漂い出ていた。

「くっ……」

「お、おのれっ」

その気迫に圧倒されながらも、御家人たちは両手を左腰へ走らせる。

佩刀《はいとう》の鯉口《こいぐち》を切らんとしたのだ。

如何《いか》なる言い争いの上なのかは分からないが、武士の一分《いちぶん》に懸けて若者に刃向かわんと決意を固めたのである。

（まずいな）

そう見て取ったとたん、裾をまくった誠四郎はだっと駆け出す。

争う双方の力量の差は歴然としている。

一対四でも、旗本が圧勝するのは目に見えていた。

相争うのは勝手と言いたいところだが、帯刀した者同士で諍《いさか》いが始まれば刀を向け合うことにもなりかねない。

(こんなとこで斬り合いなんぞ、おっ始めさせるわけにはいかねぇや)

神域の泉水で水浴びに興じていた誠四郎に、神仏を敬う気持ちはさほど無い。

争いを止めようと馳せ参じた理由はただひとつ、仲良しの子どもらが巻き込まれるのを防ぐためであった。

ちび連は楼門の下で固まったまま、ぶるぶると震えていた。

年嵩のお梅は、妹分のお松をしっかり抱き締めている。先程やりこめられていた竹蔵《たけぞう》と菊次《きくじ》はと見れば表情を強張《こわば》らせつつも懸命になり、仲間の女の子たちをかばうようにして前に立っている。健気《けなげ》なことだが、どの者も怯《おび》えているのは同じだった。無邪気に遊んでいたところに怖い顔をした侍の一団が割って入ってきて、今にも斬り合いを始めんとしているとなれば恐怖して固まってしまったのも当然だろう。

(あの野郎なら、長屋のちびどもを巻き添えにしても構いはしねぇこったろうよ)

手練《てだれ》らしき旗本の素性を、その酷薄な性格を、誠四郎はかねてより知っていた。

旗本の名は岡部好太郎《おかべこうたろう》、二十七歳。

誠四郎の生家が在る芝《しば》・愛宕下《あたごした》に屋敷を構える、大身旗本の一人息子だった。流派こそ違うが、幼い頃から麒麟児《きりんじ》と謳《うた》われたほどの剣の遣い手なのも承知している。

四名の御家人が刀を抜けば、必ずや斬り伏せられることだろう。

断じて、そうさせてはならなかった。

当人たち同士が相争って怪我をするのは自業自得だが、罪もない子どもまで巻き添えを喰ってしまっては堪《たま》らない。

誠四郎は無言のまま、緊迫する場へ向かう足を速めた。

四

岡部好太郎は悠然と立ち、対する面々が刀を抜くのを待っている。

「うぬ！」

一人が吠えると同時に、御家人たちの鯉口が一斉に切られた。

左手の親指で鍔を押し出し、抜刀する体勢を取ったのだ。

「きゃっ」

お梅が思わず悲鳴を上げた。

駆け付けた誠四郎は地を蹴るや、さっと子どもらの面前に降り立った。

「おにいちゃん！」

たちまち、お梅が安堵《あんど》した表情を浮かべる。

ちびっ子のお松は物も言わず、背中にしがみついてきた。

「せ、い、の、じのにいたん……」

「大丈夫《でえじょうぶ》だ。いい子だから、泣くんじゃねぇよ」

舌の廻らぬ幼児のおかっぱ頭を撫《な》でてやりながら、誠四郎は微笑みかける。

「おそいよぉ、にいちゃん」

「ちかくにいたんなら、もっと早くきてくれよぉ」

気を張っていた反動なのか、竹蔵と菊次は脱力した様子でしゃがみ込んだ。

「文句は後にしな。じっとしていねぇ」

二人の少年を後方へ押しやりつつ、きっと誠四郎は前を見やる。

しかし、血気盛んな御家人たちはと見れば、誰一人として刀を鞘走らせることができていなかった。

「うっ⁉」

好太郎の近間《ちかま》に立っていた御家人が悶絶《もんぜつ》した。

みぞおちに柄頭《つかがしら》が打ち込まれている。

いち早く間合いを詰めた刹那、好太郎は当て身（打撃）を見舞ったのだ。

骨を砕くほどの力は込められていなかった。一対四の局面に置かれていながら手加減をするだけの余裕が、この若い旗本にはあるのだ。

すかさず好太郎は足を踏み換え、速やかに背後へと向き直る。前後左右の敵へ当て身を喰らわせていく動きは、迅速そのものであった。

苦悶の声が続けざまに上がるや、四名の御家人は砂埃《すなぼこり》の立つ境内に崩れ落ちた。

「他愛もないのう」

不敵に微笑む好太郎は汗ひとつかいてはいない。すべては刀を抜かぬまま、一瞬のうちに為《な》したことだった。

「お、おのれ……」

一人の御家人が、よろよろと立ち上がった。仲間内では最も若い、ごつい面構《つらがま》えをした若者である。

懸命に足を踏み締め、鞘を引き絞って定寸《じょうすん》の刀身を抜き出す。

「抜いたな」

見返す好太郎の目が細くなった。

いかに大身旗本の子息とはいえ、自分から進んで人を斬ったとあれば罪に問われることを避けられまい。しかし対手が先に刀を抜いたとなれば、たとえ返り討ちにしたところで何の障《さわ》りもなかった。

好太郎はそう判じていればこそ、自ら鯉口を切ろうとはしなかったのだ。

当て身を浴びせたのも、まずは軽く痛め付けておいて挑発し、あちらから抜刀させておいて確実に斬り伏せるための段取りだったのだろう。

どこまでも冷徹なやり口だった。

「斬るぞ」

低い声で宣《せん》しつつ、好太郎はすっと両手を持ち上げていく。

「待ちやがれ……」

誠四郎が鋭く言いかけた、そのとき。

「ご神域で斬り合いたぁ、どういう料簡《りょうけん》でぇ！」

一瞬早く飛んできた怒声の主《ぬし》は、六十絡みの小柄な老爺《ろうや》だった。

境内で騒ぎが起きたのを知るや、表の参道から駆け付けてきたらしい。

「む……」

刀に手を掛けたまま、好太郎は憮然《ぶぜん》と老爺を見やった。

「邪魔立て致すか、じじい」

「当たり前よ」

老爺は負けじと睨み返す。

何とも頼もしい素振《そぶ》りである。

年寄りの一言で片付けてしまえるほど、老いてはいない。身の丈は五尺一寸（約一五三センチメートル）足らずと小柄だが、背筋も腰もしゃっきり伸びていた。

半ば白い髪を、たばねに結っている。

後頭部に出るたぼをふつうの町人髷よりも大きく取り、束ねた髪の刷毛先《はけさき》を撫で付けずにばさりと散らした結い方だ。

貫禄のない者が真似たところで不格好になるばかりだが、この老爺は鯔背《いなせ》な髪型が自然に決まっていた。

留蔵《とめぞう》、六十五歳。

かつては根津界隈の賭場《とば》や盛り場で大いに名を売った遊び人であり、今は公儀の御用の一端を担い、権現前の辻番所を預かる男だった。

五

「こちとらはご門前の番所を預かる身なんでぇ。二本差しだろうが何だろうが、若造どもに好き勝手をさせて堪るもんかい！」

啖呵《たんか》を切った留蔵は細縞の単衣の裾をはしょり、脚を剝き出しにしていた。猿股《さるまた》を穿《は》いた腿《もも》は細すぎず太すぎず、頼もしい張りを示している。

筋骨逞しいとは言えないまでも両の腕は太く、胸板も相応に分厚い。

引き締まった腹に締め込んだ角帯《かくおび》は安価な模造品ではなく、歴《れっき》とした本場博多《はかた》の茶献《ちゃけん》上《じょう》である。若かりし頃には結構な洒落者だったであろうことを窺《うかが》わせる、逸品だった。

「くたばり損ないにしては、随分と威勢が良いのう」

目の前に立ちはだかった老爺を、好太郎は見返す。

「されど、無礼は程々にするが良かろうぞ。ひとたび刀を抜けば、たとえ年寄りと申せど容赦はせぬ」

「おきやがれ、若造っ‼」

留蔵はすかさず一喝する。

「つくづく、大した度胸じゃのう……」

老爺の怒号をさらりと受け流し、好太郎は苦笑を浮かべてみせた。

しかし、目までは笑っていない。

切れ長の双眸には、冷たい光が差していた。

留蔵を斬るつもりでいる——誠四郎は、即座に見抜いた。

むろん、理不尽に刀を抜けば相応の釈明が必要となるが、向こうが先に暴言を吐いたと主張すれば、公儀とて執拗《しつよう》に咎《とが》め立てはしないと好太郎は承知しているのだ。

なればこそ、わざと留蔵に言いたい放題にさせていたのだろう。

頭に血が上っている留蔵は、そんな相手の思惑に気付いていないらしい。いかに武士といえども神域で無法を働くことは許されないし、あちらもこれ以上の暴挙には及ぶまいと高《たか》をくくっているのだ。

だが、それは甘い考えと言わざるを得まい。

好太郎は直参《じきさん》旗本の子息である。

直参、とりわけ御上《おかみ》（将軍）への拝謁《はいえつ》を許された御目見《おめみえ》以上の旗本は、徳川将軍家と幕府にとっても有用な人材だった。また、たとえ同じ直参でも軽輩の御家人ならば前後の見境をなくさぬ限り斯様《かよう》な無茶はするまいが、この岡部好太郎は幕閣も一目置かざるを得ないほどの権威を背負っているのだ。

好太郎の父・勘右衛門《かんえもん》は四千石取りで、書院番頭《ばんがしら》を拝命していた。江戸城中や各門の警備を担当する武官であり、儀式の席上では将軍の給仕を務める名誉の役職であった。七千石を拝領する本多家に比べれば家格こそ低いが、今後の精進と成り行き次第で幾らでも将軍の寵愛《ちょうあい》を被《こうむ》って出世が叶《かな》うであろう、同輩の旗本たちが羨《うらや》む立場なのは間違いない。

対する誠四郎の生家は、戦国乱世に徳川家の忠臣として活躍した闘将・本多平八郎忠勝《へいはちろうただかつ》に連なる名門ではあったが、現在の立場は交代寄合《こうたいよりあい》だった。

交代寄合とは老中支配下に属し、一万石以下にも拘《かか》わらず大名並みの待遇を与えられていた一部の旗本のことである。

しかし、どれほど厚遇されていようとも、幕閣内で確たる役職に就くことができていたわけではない。家祖の徳川家への忠節を認められ、高い禄で遇されてはいても実のところは無職に等しく、禄米を無駄に食《は》んでいるばかりの穀潰《ごくつぶ》しではないかと、誠四郎は物心がついた頃から密かに恥じてもいた。

旗本たちの中でも将来を嘱望されている岡部家の跡取り息子を相手取り、好んで事を構えたいとは思わない。

だが、今は斯様なことを気に懸けている場合ではなかった。

同じ長屋住まいのちび連と同様に浅からぬ縁のある留蔵を、このまま見殺しにするわけにはいくまい。

「動くんじゃないぜ」

お梅たちへ背中越しに告げるや、ずいと誠四郎は一歩、大股に前へ進み出た。

「無茶は止めときなって、爺さん。ったく、見ちゃいられねぇやな」

「何だと⁉」

好太郎と睨み合っていた留蔵は、こちらにたちまち噛《か》みついてくる。短気な老爺の性格を承知した上で、誠四郎はそう仕向けたのだ。

「年寄りの冷や水だって言ってんのさ。がき共と一緒によぉ、大人しく引っ込んでな」

誠四郎の態度は、どこまでもふてぶてしい。

しかし、留蔵に絡んでいるように振る舞いながらも、その意識は油断なく好太郎へ向けられている。

機先を制された好太郎は両の手を左腰の佩刀へ伸ばすことができずにいた。自身も相当の遣い手であればこそ、誠四郎の目付に気付いたのである。

見抜いたのは、腕の程だけではない。

「本多の若様……」

さすがに驚いた様子である。

無頼を装う若者の素性まで、好太郎には察しが付いていたのだ。

「邪魔だぜ、爺さん」

何か言いかけた留蔵を軽い口調で制するや、誠四郎は好太郎の正面に立つ。

「久しぶりだったなぁ、おい」

「斯様なところでお目にかかるとは、奇遇にございますな」

好太郎は折り目正しい口調で言った。

話しぶりこそ丁寧だが、視線は無遠慮そのものだった。

一瞬だけ浮かべた驚きの表情は失《う》せ、安物の浴衣を無造作に着ている誠四郎のことを今は値踏みするような目で見返していた。

「お屋敷を出られて、根津の裏長屋に移られたとは風の噂に承っておりましたが……。ご無沙汰しております間に、また一段と品下がられましたなぁ」

以前よりも一層、下品になった。表現を和らげつつも遠慮することなく、そう指摘しているのだ。

「それに何ですか、そのお召し物は？　ご家名に障りますぞ」

たしかに、そう言われても仕方のない風体《ふうてい》であった。

だが、この浴衣は仲良しの少年が自分のためにと古着屋で買ってくれた心尽くしの一着なのである。恥じるところは、何もなかった。

「そうかい？　ま、俺ぁ勘当も同然の身なんでな。本多の家名なんざ気にしなさんな」

意に介さず、誠四郎は涼しい顔で問い返す。

「おぬしこそ、ご神域で刃傷《にんじょう》沙汰《ざた》たぁ穏やかなこっちゃねぇやな。御父上のお立場もあるだろうによぉ、滅多な真似をするもんじゃねぇぜ」

「売られた喧嘩にございますれば、何卒《なにとぞ》ご容赦くだされ」

応じて、好太郎は苦笑して見せる。

誠四郎に顔を向けていても、抜き身を構えている御家人への注意を欠いてはいない。

遠山の目付で制された御家人は中段に構えたまま、一歩も動けずにいた。

ふらつく足元を踏み締めて、何とか倒れまいと懸命になっている。

「お前さん方もいけねぇぜ」

誠四郎は、若い御家人へと視線を転じた。

「俺ら旗本に突っかかるのはいいが、ちっとは場所を選んでくれよ」

「な、何じゃ、おぬしはっ⁉」

「通りすがりの閑人《ひまじん》って奴さね」

　ごつい顔を歪《ゆが》めて喚《わめ》く御家人に、誠四郎は何食わぬ顔で問い返す。

「ところでお前さん方、どこの道場なんだい」

「何と申す？」

「聞いての通り、俺ぁこの岡部とは存じ寄りなんでな。この喧嘩、そっちの道場で決着《けり》を付けるってことで買わせてもらおうじゃねぇか」

「我らと立ち合うと申すのか」

「さっくり言えば、そういうこった」

「おのれ……」

　御家人は、ぎりっと歯噛みした。

　経緯は定かではないが、この御家人たちは自分たちより上格の旗本である好太郎の態度をふだんから快く思っていなければこそ喧嘩を吹っかけたのだろう。好太郎がそうされても仕方のない手合いであることは、もとより誠四郎も承知していた。

　だが、この場で相争わせるわけにはいかない。

　放っておけば留蔵ばかりか、ちび連にまで危険が及ぶことになる。

　そう判じればこそ、誠四郎は場所を替えての果たし合いを申し入れたのだ。

誠四郎も旗本であることに変わりはない。

ならば、御家人たちは必ずや乗ってくる。そう踏んだのだ。

「何時《いつ》でも構わんぜ。ひとつ、手合わせを願おうじゃねぇか」

「おぬし、本気か？」

「冗談を言ってるように見えんのかい？　何なら、そこの泉水で顔でも洗ってくるがいいやな。すっきり目が覚めるぜぇ」

「……相分かった。されば明朝、愛宕下の瀬名《せな》道場まで参られよ」

「おやおや、俺んちの近所じゃねぇか」

誠四郎は思わず、懐かしげにつぶやいた。

「神谷《かみや》の奴ぁ息災なのかい？」

「師範代には関わりなきことぞ」

えらの張った顔を歪めつつ、御家人は即座に言い返す。

「これは我らとおぬしだけの遺恨じゃ。左様《さよう》に心得て、お出《い》で願おう」

「承知したぜ」

「されば、御免」

それだけ言い置いて納刀すると、御家人は仲間たちを助け起こして去ってゆく。

一方の好太郎も、涼しい顔で踵《きびす》を返した。

「ご面倒をおかけしてしまいましたな、本多様」

「構わんさ」

背中越しに告げてくるのに応じて、誠四郎は微笑んだ。

「ご覧の通り、今の俺ぁ無頼の身よ。こういう揉め事は望むところさ」

「頼もしき限りにございまする」

背を向けたまま、好太郎は皮肉に笑った。

「いずれ拙者が父の跡を継ぎし折には必ずや、ご恩返しをさせていただきましょう。名門の御曹司《おんぞうし》であらせられながら不遇を託《かこ》っておられる貴方様のために……ね」

誠四郎がどのような立場なのかを知った上で、軽んじているのだ。名家の後を継げぬ身の庶子《しょし》に対し、心から敬意を払っているわけではないのである。

「そう願いたいな」

涼しい顔で答えながら、誠四郎は去りゆく好太郎を見送る。

自分がお目出度い奴と思われているのは、もとより承知の上だった。

六

「さて、と……」

騒ぎが収まったのを確かめると、誠四郎は背後に向き直る。

「どうするんでぇ、誠《せい》の字」

留蔵は釈然としない表情を浮かべていた。

「お前に助《す》けてもらおうなんざ、こちとら最初《はな》から考《かんげ》えちゃいなかったぜ。ったく、余計な真似をするんじゃねぇや」

「まぁ、いいじゃねぇか爺さん」

誠四郎は明るく笑いかける。

「くたばり損ないのお前さんがどうなったところで構いやしねぇがよ、ちびたちを危ない目に遭わせるわけにはいかねぇだろうが。え?」

「む……」

留蔵は押し黙った。

毒舌ではあるが、誠四郎の言うことは正鵠《せいこく》を射《い》ている。

あのまま向こう見ずに突っかかったところで、自分一人で騒ぎを収めることなどはできなかっただろう。騒ぎの元になった好太郎と同じく直参旗本であり、御家人の一団を退散させるだけの貫禄を備えた誠四郎なればこそ、一触即発の刃傷沙汰を防ぎ得たのだ。

それだけは、認めてやらざるを得まい。

「とにかく、礼を言うぜ」

「いいってことさね。爺さん」

「爺さんは止《よ》しねぇ」

気の良い笑顔を返す誠四郎に、留蔵は大仰《おおぎょう》に顔をしかめて見せた。

そこに、ばたばたと駆けてくる足音が聞こえた。

砂埃を立てて馳せ参じたのは一人の少年だった。

「みんなー！」

声を限りに叫びながら、境内へ走り込んでくる。背こそ低いが堅太りの質《たち》らしく、四肢は太くてがっちりしていた。見るからに、きかん坊といった感じのする男の子である。

三太《さんた》、九歳。

ちび連と同じ長屋で暮らす、この界隈のがき大将だ。

まるっこい鼻を興奮した様子で上に向け、一散に駆けて来る少年は片手に天秤棒《てんびんぼう》を引っ提げていた。

三太は毎日、早朝から午《ひる》まで近所の本郷《ほんごう》で開かれる朝市を手伝っている。誠四郎が着ている浴衣は、この少年が稼ぎ貯めた銭で購《あがな》ってくれたものなのだ。

どうやら、今日はいつもより早く帰ってきたらしい。根津権現の境内で騒ぎが起きたのを聞き付けるや、巻き込まれた仲間たちを救わんとおっとり刀でやって来たのだろう。

「三ちゃん！……」

少年の姿を見たとたんに、お梅は泣き出した。ちいさな仲間を守ろうと気を張っていたのが、頼もしい姿を目の当《ま》たりにしたことで緩んだらしい。

大の仲良しである三太が年明けから朝市で働き始めて以来、代わりに張り切って長屋のちび連を束ねているお梅だが、不安なところも常々あったのだろう。図らずも危険に巻き込まれそうになったことで、そんな思いが一度に弾《はじ》けたのかもしれなかった。

「泣くなよ、馬鹿っ」

わぁわぁ泣きわめく少女を叱りつけながら、三太は背中をそっと撫でてやる。口調こそ年嵩らしく厳しいが、その手付きは優しかった。

「心配するねぇ、三太」

頃や良しと見て、誠四郎は親しげに少年へ呼びかけた。

「兄ちゃんが助けてくれたのかい？」

「まぁな」

見上げてくる少年に、誠四郎は軽くうそぶく。

「お前が留守にしてても、お梅はしっかりやってるぜぇ」

「ありがとう。兄ちゃんがいてくれれば安心だよ」

素直に礼を告げるや、三太は笑みを浮かべた。

「そうかい？」

満更でもない様子で、誠四郎は微笑む。

子ども相手でも、頼られるのは悪い気分ではなかった。

そこに留蔵が水を差してくる。

「早いとこ長屋へ帰《けえ》んな。誠の字、お前さんもだ」

「へいへい」

お梅が落ち着くのを待って、一同は境内から引き上げていく。

「大丈夫か？」

「うん」

三太は先頭に立ち、お梅の手を引いてやっている。お転婆娘はしゃくり上げながら少年の手をしっかりと握り締め、片時も離そうとしなかった。

そんな微笑ましい様を、誠四郎は嬉しげに眺めている。

(町場の暮らしってのはいいもんだな)

根津の地に居着いて以来、この若者は折に触れてそう感じていた。

名門旗本の家に生まれていながら、誠四郎は不遇の身だった。

生母の静香《しずか》は、本多家の側室である。当主、つまり誠四郎の実父の忠清《ただきよ》は正室との間に永らく子を得られず、浪人の娘ながら才色兼備だった静香を妾に迎えたのだ。

十八歳で本多家に奉公した彼女はすぐに孕《はら》み、翌年に誠四郎を産み落としたが産褥《さんじよく》熱に耐えられず絶命してしまった。

母の命と引き替えに生を受けた誠四郎は、そのまま本多家の当主になるはずだった。

しかし、運命とはつくづく皮肉なものであった。

誠四郎が元服する前に、本多忠清の正室である勝江《かつえ》が突如として懐妊したのだ。

ために誠四郎は次期当主の立場を失い、本多家の厄介者になってしまったのである。

生まれたのが女の子だったならば、すんなりと家督を継げていたことだろう。

しかし勝江が産んだのは健康そのものの男児であり、妾腹《しょうふく》の誠四郎を次期当主に据える必要はなくなってしまった。

家のために必要なことだと得心した誠四郎は父母に逆らうこともなく、太郎《たろう》という幼名を取り上げられ、このまま飼い殺しにされる運命を受け入れた。

だが、成長するにつれて自ずと疑問も生じる。

自分は一体、何のために生きているのだろうか――？

募る疑問は、生来聡明だった誠四郎を苦しめて止まなかった。

かと言って、弟を逆恨みする気持ちにはなれない。

元服して忠一《ただかず》と名乗った弟は、当年十五歳になる。誠四郎にとっては、赤ん坊の頃から可愛くてならない存在だった。

大人たちの事情になど拘わらず、弟には健やかに成長して本多の家を継いでほしい。

そう願えばこそ、誠四郎は生家を飛び出したのだ。

根津の裏長屋に住み着いたのも父が完全に自分を見限り、愛《いと》しい弟の忠一に家督を譲るようにさせるためだったと言えよう。

本多の一族の中には、誠四郎を忠清の跡継ぎにと望む声も少なくない。

一年ばかり前まで昌平坂《しょうへいざか》学問所でも柳生《やぎゅう》道場でも俊才と謳《うた》われ、文武の才能を遺憾なく発揮していた誠四郎がなぜ道を踏み外してしまったのかと不審がり、更生させて本多家を継がせたいと願う親族は一人や二人ではなかった。

しかし、当の誠四郎は頑《かたく》なに拒んでいた。

無頼を気取る若者の心中には、複雑きわまる想いが渦巻いているのである。

「ぼうっとしているんじゃねぇよ、誠の字」

そんな感傷など知る由もない留蔵は、誠四郎の広い背中をぐいっと押した。

「何の用向きだい、爺さん？　俺ぁ明日の立ち合いに備えて、ひと汗流してぇんだが」

「とぼけるんじゃねぇよ。お前、とっくに裾が濡れているじゃねぇか」

肩を怒らせて留蔵は言った。

「またお稲荷様んとこの泉水に入り込んでいやがったんだろ。ご神域で無体《むたい》な真似をするんじゃねぇって、何遍言えば分かるんだい？」

「ちっ、気付いてたのかい」

「俺の目は節穴じゃねぇや。さ、早くしねぇ」

辻番所に連れ込み、こってりお説教をしようというつもりなのだ。どうやら、命の恩人でも禁忌を破ったのは別のことと考えているらしい。

（やれやれ）

溜め息を吐《つ》きながらも誠四郎は逆らわず、老爺の先に立って歩を進めていくのだった。

七

根津権現の表門前に、瓦葺《かわらぶ》きの古びた小屋が建っている。

入口の脇に突棒《つくぼう》・刺又《さすまた》、袖搦《そでがら》みの捕物三つ道具が置かれ、高張提灯《たかばりぢょうちん》が吊られていた。

留蔵の職場であり、住処《すみか》でもある辻番所だ。

諸方の街角に置かれた辻番所は本来、江戸時代初期に横行した辻斬りを防ぐために設けられた施設だった。

戦国乱世が終焉《しゅうえん》を迎え、もはや合戦で手柄を立てて出世するのが叶わなくなったことに不満を抱いた武士たちが鬱憤《うっぷん》晴らしに、さらには愛刀の切れ味を試すために夜な夜な表へ忍び出ては、行きずりの町人を殺戮《さつりく》したのである。

浪々の者ばかりでなく、将軍家直参の旗本までが辻斬りの悪行に及んでいたのを幕府は憂慮して寛永《かんえい》六年（一六二九）三月、市中の治安維持のために辻番の制を定めたのだ。

当初の管理は番所の近くに屋敷地を持つ大名家に任され、諸藩の藩邸では家中で腕自慢の足軽《あしがる》などを番人に選び、万全の体制を敷いていたという。

しかし天保四年現在、辻斬りを働く物騒な輩《やから》は皆無に等しい。

辻番所の運営は町人社会へ委《ゆだ》ねられて久しく、留蔵のように身寄りのない老爺が薄給で雇われて住み込み、形ばかりの番人を務めている。

それでも大事がないほどに、江戸市中の治安は安定していた。

たとえ直参旗本でも正当な理由なくして人を斬れば厳しく追及され、下手をすれば腹を切る羽目になる。浪人ならば問答無用で捕縛され、小伝馬町《こでんまちょう》の牢屋敷へ送り込まれて斬首に処された。太平の世が二百年余も続くうちに、軽々しく刀を抜くことの許されぬ体制が自ずと出来上がっていたのである。

先程の岡部好太郎が喧嘩を売られながら自ら進んでは刀を抜かず、留蔵に突っかかってこられてもすぐに鯉口を切るには及ばなかったのも、無礼討ちの言い訳が立つ頃合いを見計らっていたからなのだ。

今日びの辻番の仕事といえば先程のような喧嘩の仲裁や道案内、往来で行き倒れた病人や捨て子の保護といったところである。いわば、後世の交番のような機能を果たしていたと言えるだろう。

だが、その喧嘩騒ぎで危うく一命を落としかけたことに当の留蔵は気付いていない。

番所の障子は開け放たれたままになっていた。

表には三尺（約九〇センチメートル）張り出しの式台《しきだい》が設けられており、縁側のような役目を果たしていた。

古びた板張りの式台に、一人の男が座している。

麻の帷子《かたびら》をさらりと着こなし、端然《たんぜん》として路上に視線を向けていた。

目鼻立ちの整った、温厚な雰囲気を漂わせる人物である。

田部伊織《たべいおり》、四十一歳。

留蔵とは肝胆相照らす仲の、無位無冠の浪人だ。

辻番所には常に番をする者が待機し、障子を開け放って往来を見張っていなくてはならない決まりになっている。留蔵は境内の喧嘩騒ぎを仲裁しに飛び出すとき、折良く近くに居合わせた伊織に留守番を頼んでいたのであろう。

二人が歩み寄ってきたのに気付くや、伊織はすっと顔を上げた。

端整な横顔に、大粒の汗を浮かべている。

今年の残暑はつくづくきつい。かつて東北《みちのく》の某藩で剣術師範を務めていた美丈夫《びじょうふ》の伊織も、この暑さは応《こた》えているらしかった。

「伊織さん、手数をかけちまってすみやせん」

「構わんさ、おやっさん」

恐縮した様子の留蔵に、伊織は何事もないように答える。

「どのみち、暇を持て余しておる身だからの」

この田部伊織、かつては辻謡曲《つじうたい》を生業《なりわい》とする身であった。

故あって脱藩し、まだ幼かった一人娘を抱えて根津の地に居着いたとき、伊織は剣術の他に趣味として身につけていた謡曲——能の謡本《うたいほん》(台本)を吟奏《ぎんそう》する技術を仕事に生かそうと思い立った。

昨年の暮れまでは往来に敷いた荒莚《あらむしろ》に日がな一日座し、謡を吟じて道行く人々から報謝の銭を得て生計を立てていた苦労人も、今や楽隠居となって久しい。

伊織は娘夫婦の世話を受けていた。

一人娘の美代《みよ》を娶《めと》った加納久馬《かのうきゅうま》は、三つ年上の二十歳である。亡き父親の代からの浪人ながら若くして漢籍《かんせき》に通暁しており、表通りの仕舞屋《しもたや》を借りて私塾を開いている。最初は辻番所裏の長屋で近所の子ども相手に読み書きを教えていただけだったのが次第に評判となり、近隣の富裕な商家からも息子を通わせたいとの申込みが後を絶たなかった。

甲斐性のある婿を得たとなれば、もはや伊織が大道芸で稼ぐ必要もない。

親孝行な若夫婦と同居することになり、試練の連続であった前半生から一転した、のんびりとした日々を過ごすようになったのであった。

「こんちは、伊織さん」

「久しぶりだの」

挨拶してきた誠四郎に、伊織は柔和な笑みを返す。なぜ番所に連れてこられたのかなどと野暮なことは聞いても来なかった。

「とまれ、茶でも淹《い》れようかの」

式台から立ち上がった伊織は、奥の部屋に入っていく。

番所の中は間口と奥行きがほぼ等しい、九尺（約二七〇センチメートル）四方の造りになっていた。実質上の住空間は、わずかに四畳半ばかりでしかない。

手前の半分は畳の間、奥の半分は板の間である。以前は弥十郎《やじゅうろう》という若者が書役《かきやく》（筆記係）として居候《いそうろう》していたため手狭きわまりなく、かさばる寝具を日中は大風呂敷に包んで天井の梁《はり》にぶら下げておかなくては座る場所も無いほどだったが、昨年の暮れに弥十郎がいなくなって以来、一人ぶんの布団と掻巻《かいまき》は奥の板の間に畳んでおけば事足りた。

けばが目立つ畳の間には、火鉢が置かれている。

暑い最中のことなので炭は量を加減してあるが、鉄瓶《てつびん》には湯が沸いていた。留蔵がいつ戻ってきても良いように、伊織はあらかじめ茶の支度をしておいてくれたらしい。

「すみやせんねぇ」

さりげない気遣いを謝しつつ、留蔵は誠四郎を促して式台に上る。

三つの碗に、湯気の立つ番茶が満たされた。

「いただくぜ」

伊織に一言断ると、誠四郎は先んじて手を伸ばす。

「ったく、遠慮ってもんを知らねぇ野郎だぜ」

苦笑しながら、留蔵も茶碗を取る。

めいめいに一口啜《すす》るや、三人は生き返ったような面持《おもも》ちになった。

暑中に水をがぶ飲みしても喉《のど》は渇くばかりである。こうして熱い茶をゆっくりと喫するのが何よりの暑さしのぎになるのだ。

「ご神域で水浴びをするばっかりが能じゃねぇだろ、誠の字」

「ああ」

「あんまり罰当たりなことをするもんじゃねぇぜ。いいな？」

「分かったよ」

「それならいいや。もう一杯、飲んでいきねぇ」

殊勝に答えた誠四郎に微笑み、留蔵は鉄瓶に皺《しわ》張った手を伸ばす。

一杯目よりもややぬるくなった茶を、三人は黙然と喫した。

「何やら昂《たか》ぶっておるようだの、誠四郎」

黙っていた伊織が、おもむろに口を開いた。

「よもや、果たし合いの約定《やくじょう》でも取り交わして参ったのではあるまいな」

「ま、似たようなもんさね」

悪びれることもなく、明るい口調で誠四郎は続けて言った。

「直心影流《じきしんかげりゅう》をかじっている御家人連中と、あちらの道場でちょいと立ち合うことになってね。明日は朝一番で出向かにゃならねぇ」

「御家人の子弟と……大事ないのか、誠四郎？」

伊織は案じ顔で問うてきた。

「心配はいらないよ。久しぶりに腕試しができるんでな、むしろ楽しみなぐらいさ」

誠四郎の明るい口調は変わらなかった。

「ご馳走さん」

一言告げるや、ずいと腰を上げる。

「待ちねぇ、誠の字！」

「お説教は十分拝聴したぜ。続きはまた今度、俺が泉水で涼んだときにしてくんな」

留蔵が止めるのも意に介さず、式台から降り立つ。

悠然と去りゆく若者を、伊織は無言で見送るのだった。

八

番所の式台に、午下《ひる》がりの陽が差している。

留蔵と伊織は、何杯目めかの茶を啜りながら語り合っていた。

「あいつが無鉄砲なのには、つくづく呆れ返るばかりでさ」

空になった茶碗を握ったまま、留蔵は溜め息を吐《つ》く。

「良いではないか、おやっさん」

そっと手を伸ばして茶碗を受け取りつつ、伊織は言った。

「あやつはあやつなりに、この町を守ろうという気になってきたのであろう」

「伊織さんまで、何を仰《おっしゃ》るんで?」

思わぬ一言を返されて、留蔵は目を白黒させる。

しかし、伊織は言葉を改めようとはしなかった。

「経緯《いきさつ》を聞いた限り、誠四郎が騒ぎを収めてくれたのに変わりはあるまい。おやっさんにしてみれば腹も立とうが、とまれ感謝することだの」

「そうですかねぇ……」

「相手が旗本となれば、やりこめるわけには参らぬからの。さりとて、御家人たちもそのまま引き下がっては面目が立たぬ。なればこそ誠四郎は間に入り、喧嘩の身代わりを買って出たのだろうよ」

「じゃ、あれで良かったんですかい」

「左様」

　意外な様子の留蔵に対し、伊織は淡々と言葉を続けた。

「同じ直参であっても御家人と旗本では格が違う。故に、張り合わずにはいられぬのやもしれぬな」

「誠の字だって、お旗本の息子なんですぜ？」

「なればこそ、身代わりにも成り得たのだよ」

「成る程……」

　留蔵はようやく得心した。

　岡部好太郎と御家人たちが刀を抜き合わせていれば必ずや、あの場で怪我人が出たことだろう。下手をすれば一人か二人は斬り殺されていたに違いない。誠四郎はそう判じたがために好太郎が刀を抜く寸前に割って入り、御家人たちの怒りの矛先を自分に向けさせたのである。伊織は、そう言っているのだ。

もしかしたら、自分まで無礼討ちにされていたのかもしれない。

冷静になってそう思い至ったとたん、留蔵は慄然《りつぜん》とした。

同じ直参として、好太郎の思惑を先の先まで読んだ上で、誠四郎は仲裁に割って入ったのだ――

「よほどの胆力が無《の》うては、できるまいよ」

「へい」

留蔵は素直に頷《うなず》いた。

しかし、誠四郎に感謝の念を覚えると共に、複雑な思いを禁じ得ずにいた。

留蔵は、単なる無鉄砲で食ってかかったわけではない。

岡部好太郎の悪い評判を以前から耳にしていればこそ、思わず我を忘れて突っ走ってしまった部分もあるのだ。

「……よりによって岡部のどら息子のために誠の字が一肌脱ぐたぁ、何とも皮肉なもんでござんすねぇ」

「うむ……」

伊織も、その点は承知していた。

留蔵はかねてより、岡部父子に恨みを抱く人々から、さる依頼を受けていたのだ。

九

「ちょいと失礼しやすよ」

無言で腰を上げた留蔵は、奥の板の間から小ぶりの籠《かご》を持ってきた。

籠の中には、幾つもの紙包みが入っている。

ひときわ大きな包みをひとつ、留蔵は取り出す。

大判の漉《す》き返し（再生紙）にくるまれていたのは銭だった。

板金や板銀があれば、緑青《ろくしょう》の浮いた四文銭も混じっている。この銭はすべて、岡部父子への恨みのたけを留蔵に吐き出した人々が置いていったものであった。

根津権現へ参拝に足を運ぶ善男善女の誰もが皆、心安らかに日々を過ごすことができているわけではない。神仏には頼れぬ想いを――自分や親しい者を苦しめる、悪人どもに対する恨みの念を、密かに抱いて訪れる者も少なくはなかったのだ。

留蔵はそんな人々に一介の辻番として接するたびに、苦しい胸の内を聞いてやるのが常だった。

自分たちを苦しめる悪人の存在など、身近な者には語れるものではない。

しかし、見ず知らずの老爺にならば本音を明かすこともできる。心置きなく愚痴っても良いと誰に対しても思わせるだけの人徳を、留蔵は備えていたと言えよう。

留蔵を相手に一時、親身になって話を聞いてもらった礼にと、いつも人々は幾ばくかの銭を置いていく。

留蔵は受け取った寸志に手を付けず、小分けして紙に包んだ上で籠に仕舞っておく。同じ悪人がまた名指しされれば、同一の包みにくるむ。

そうやって銭が貯まっていき、繰り返し名前の挙がった人物が真《まこと》に許し難い外道であると調べが付いたとき、留蔵は伊織と共に動き出す。

誰にも気取《けど》られることなく悪人を仕留め、闇に葬り去るのだ。

かつて辻番所に身を寄せていた弥十郎という若者も、留蔵たちの裏稼業を手伝う一人であった。剣術と手裏剣術の達人である伊織と共に幾度となく修羅場へ赴き、敵の刀を奪い取って瞬時に斬り伏せる妙技を駆使して数々の悪人を葬ってきたのである。

その弥十郎も、今はいない。

岡部父子を仕置きするならば、二人だけで決行しなくてはならないのだ。

「嫌な重みでござんすねぇ」

底が破れんばかりになった紙包みを手のひらに載せて、留蔵は溜め息を吐いた。

岡部好太郎と父親の勘右衛門は、よほど人様の恨みを買っているらしい。さもなければ小銭まじりで五両にも達するほどの大金が、留蔵の手許《てもと》に集まるはずがなかった。

「とまれ、しばし様子を見ようぞ」

伊織は慎重だった。

楽隠居の身となれば、二の足を踏みたくなるのも無理はない。

かつては辻謡曲の稼ぎだけで娘を養えず、裏稼業の報酬を当てにしてもいた伊織だったが今は違う。万が一に仕損じて捕まり、娘夫婦に累を及ぼしてしまうことだけは何としても避けたかった。

自分一人が処刑され、獄門首を晒《さら》すだけで事は済まないのだ。

「あっしがもう十年も若けりゃ、伊織さんにお手数をかけなくても済むんですがねぇ」

留蔵は慨嘆《がいたん》を禁じ得ない。

この老爺が裏稼業を始めたのは根津で遊び人の兄貴分として鳴らしていた頃、馴染《なじ》みの飯屋の一人娘が酷《ひど》い殺され方をしたのがきっかけだった。

父親に金を積まれた留蔵は、その無念を汲《く》み取った上で、娘の奉公先に押し入って凶行を働いた盗賊一味の頭《かしら》を刺殺してのけた。それからも幾度か同じような経験をするうちに自ずと、人の恨みを晴らすことが裏の稼業になってきたのである。

しかし、もう留蔵も若くはない。

持ち前の度胸と、踏んだ場数の多さゆえに冴《さ》え渡っていた短刀《ドス》さばきも、今となっては見る影もなかった。

上州《じょうしゅう》の寒村から江戸へ出てきて五十年余、女房子どもを持つこともなく生きてきた彼にとって、この辻番所は唯一の拠《よ》り所である。根津の地に居着いて久しく、無頼の遊び人であっても非道は働かない点を町《ちょう》役人に見込まれた留蔵は辻番に雇われたとき、裏稼業からは身を引こうと考えていたものだった。

ところが恨みを晴らすことを望む声は独り働きの裏稼業人だった頃よりも一層、切実に寄せられてくる。足を洗おうと思ったものの辻番所に住み着いたことで伊織と知り合い、さらには若い弥十郎までが仲間に加わってきてくれたことで奮起した留蔵は二人と組み、人知れず悪党を退治することに情熱を傾けてきた。

だが、頼りがいのある仲間であり、いつしか実の息子とも想うようになっていた弥十郎が暮れに姿を消してしまったのだ。

留蔵が弥十郎と出会ったのは三年前の文政十三年（一八三〇）、深川《ふかがわ》の洲崎《すざき》にて伊織が悪人を仕留めたときに、近くに倒れていたのを見つけたのがきっかけだった。

洲崎の浜辺に打ち上げられた六尺豊かな若者は何者かに斬られて失神し、過去の記憶を失っていた。瀕死《ひんし》の重傷を負った若者をそのまま放っておけずに伊織は助け、留蔵は徹夜の看護で蘇生させたのだ。

本名も定かでない若者に、留蔵は死んだ自分の兄の名前を与えた。

以来、弥十郎と呼ばれるようになった彼は辻番所一党の裏稼業を助け、悪人退治に若い情熱を傾けてきた。その弥十郎が己の過去に絡む巨悪と対決する羽目になり、留蔵たちに累が及ばぬように江戸を去ったのが昨年の末のことだったのである。

若い弥十郎を欠いた陣容で、大掛かりな悪人退治は為し難い。伊織も娘夫婦と同居して危ない橋を渡りかねる立場になった以上、安易に請け負うわけにはいかなかった。

「弥の字がいてくれりゃ、どんな野郎が対手でも後れを取るもんじゃねぇんだが……」

思わず、留蔵はつぶやく。

「それは言わぬ約束ぞ。おやっさん」

諫《いさ》める伊織の声も、どこか精彩を欠いていた。

十

翌日も朝から陽射《ひざ》しがきつかった。

「ふぁ……」

誠四郎はふだんより一刻（約二時間）も早く、夜明けと共に目を覚ました。

彼が住み着いているのは辻番所裏の長屋である。

芝の屋敷とは比べるべくもない九尺二間の裏店《うらだな》だが、小なりといえども自分の城であることに変わりはない。

堅苦しい武家暮らしと違って、町場の生活は万事が気楽なものだった。

寝具も什器《じゅうき》も、すべて借り物である。

この長屋に入居するとき、留蔵の口利きで借り受けたのだ。

かねてより根津権現に足繁く通って来ては腕試しに掏摸《すり》を捕らえ、辻番所に引き渡していた誠四郎は留蔵とは顔見知りだった。その留蔵が伊織と共に悪人を仕留める現場を偶然にも目撃し、口をつぐむ条件に長屋を手配してもらったのだ。

留蔵の顔が利いているからなのか、ずっと店賃《たなちん》を滞納したままでいるのに文句ひとつ言われはしない。

（まぁ、爺さんも三尺高《たけ》ぇところに首を晒されるよりはましだろうぜ）

図々しいと言えばそれまでだが、誠四郎は正当な取引なのだと割り切っていた。

ともあれ身支度をし、顔を洗うことである。

瀬名道場から指定された刻限は明け六つ（午前六時）だ。どうやら他の門弟衆が朝稽古に出てくる前に、内緒で決着を付けたいらしい。

それは誠四郎も望むところだったが、根津から芝までは急ぎ足でも半刻（約一時間）はかかるとなれば、速やかに出かけなくてはならない。

壁の古釘に引っかけておいた手拭《てぬぐ》いを、ひょいと取る。寝る前の行水に使った紺木綿の手拭いは、早くもからからに乾いていた。

脱ぎ捨てたままでいた雪駄を突っかけ、土間に降り立つ。

「ちっ」

水瓶《みずがめ》の木蓋《きぶた》を開けた誠四郎は、思わず舌打ちを漏らす。行水をした後、汲み足しておくのをすっかり忘れていたのだ。

水瓶がほとんど空となれば、面倒でも井戸端に出なくてはならない。

腰高障子をそっと引き開け、まだ薄暗い路地に出る。

どぶ板の上を歩いていく誠四郎は、足音ひとつ立てなかった。殊更《ことさら》に気を遣わなくても剣術修行者の習いとして摺《す》り足で、静かに歩を進めることが自ずとできているのだ。

路地の奥に、洗い場付きの井戸がある。

江戸市中の長屋の井戸は、水道の汲み上げ口だった。地中に張り巡らされた木製の管を通じて各井戸へ供給される飲料水は、竹竿の先に括《くく》り付けた桶《おけ》で汲むことができるようになっている。

井戸端にひとりの子どもがしゃがみ込み、ぱしゃぱしゃと顔を洗っている。

その後ろ姿を一目見るや、ふっと誠四郎は頰を緩めた。

「早起きじゃねぇか、三太」

「なんだ、兄ちゃんかい」

濡れた顔もそのままに振り向いた少年は、すかさず毒舌を叩く。

「いっつも朝ねぼうのくせに今日はどうしたんだよ。じしんでも起きなきゃいいけど」

「失礼だな。朝起きて人様に会ったら、まずはお早うって言うもんだぜ」

腹を立てもせず、からりとした笑顔を返しながら誠四郎は続けて問うた。

「お前、毎日こんなに早く起きてんのかい？」

この少年が本郷の朝市を手伝って駄賃を稼いでいるのは承知していたが、いつも朝寝を決め込む誠四郎が早朝から顔を合わせたのは初めてのことだった。

「そうさ」

まるっこい鼻をつんと上げて、三太はうそぶく。

「おいらはいっつも一番乗りしないと、気がすまないんだ」

「そいつぁ感心なこった」

褒《ほ》めてやりつつ、誠四郎は竹竿を握って水を汲む。

その胸の内は、微《かす》かに苦い。

（俺も道場通いをしていた頃は、そうだったたっけなぁ……）

無頼の暮らしを満喫している誠四郎だが、十代の頃から自堕落《じだらく》に過ごしていたわけではない。徳川様に所縁《ゆかり》の深い本多家の子息ということから将軍家御流儀の柳生道場への入門を許され、熱心に通い詰めていたものである。

しかし、今やすっかり足が遠退《の》いてしまっている。

他流派との果たし合いという物騒な目的ながら、今朝は久方ぶりに道場というところに赴くことになる誠四郎だった。

「ほら」

三太は使い終えた小桶の水を捨て、誠四郎の足元に置いてくれた。

「ありがとよ」

汲みたての水は冷たく、眠気は一気に覚めた。

手拭いをきつく絞って畳《たた》み、胸元に貼り付けるようにして忍ばせる。こうすると、良い暑さしのぎになるのだ。

「それじゃな、三太。今日もしっかり稼いで来るんだぜ」

告げながら、誠四郎は少年に背を向ける。このまま長屋の棟には戻らず、芝へ直行するつもりだった。

その背中に、少年が無邪気に問うてきた。

「兄ちゃん、どこへ行くんだい？」

「果たし合いさ」

誠四郎は隠すことなく答えていた。

「はたしあいって、なにするんだい」

「剣術《ヤットウ》の試合のことさ。久しぶりに腕試しするんだよ」

三太が果たし合いの意味を知らないであろうことは承知の上だった。さすがに、下手をすれば怪我をしかねない勝負に行くとは明かせない。仲良しの長屋の子どもたちに、さらには親たちにまで余計な心配をかけるわけにはいかなかった。

果たして、三太は誠四郎の言葉を信じ込んだらしい。

「だったら、いっしょに朝ご飯を食べよう」

「遠慮しとくよ」

「だめだって」

三太は懸命に袖を引っ張る。

「腹が減ってはいくさはできぬって、やのじのお兄ちゃんも言ってたよ！」

「また、その名前かい……」

誠四郎は思わず苦笑した。

辻番所の留蔵から弥の字と呼ばれていた若者のことは、三太から折に触れて聞かされていた。番所に住み着いて書役を務めつつ、根津権現の境内に掏摸が出没したり喧嘩騒ぎが起きたりするたびに、駆け付けては事を収めていたという。さらには留蔵と伊織、そして誠四郎の三人以外は知る由もないことだが、裏稼業一党の仲間でもあったのだ。

図らずも彼が去った直後に根津で暮らし始めた誠四郎は、何かにつけて弥十郎に比べられることが多かった。とりわけ三太は「やのじのお兄ちゃん」を実の兄の如く慕っていたらしく、誠四郎の自堕落ぶりをいつもやり込めている。

それだけ弥十郎という若者は関わりを持ったすべての人々、それこそ三太やお梅のような無垢な子どもからも、等しく愛されていたのだろう。

（ま、俺は俺でやっていくさね）

誠四郎は割り切りが良い。

腐ることもなく、少年の後に従って路地を闊歩《かっぽ》してゆくのだった。

十一

三太の一家は、居職《いじょく》の桶屋を営んでいる。

長屋の井戸に備え付けの小桶も、亭主の勘太《かんた》が腕を振るってくれた提供品だった。

稼業がら日中はいつも木屑《きくず》が散らかり放題の屋内も、家族総出で片付けてから床《とこ》に就くように心がけているため、朝はすっきりと目覚めることができる。それに一人息子の三太が昨年の末から朝市の手伝いを始めて以来、夜が明ける前に揃って起きるのが一家の習慣となって久しかった。

「いらっしゃい、誠さん」

勘太は嫌な顔ひとつせず、誠四郎を迎えてくれた。息子の三太そっくりの、まるっこい鼻に愛敬《あいきょう》がある造作だった。

「お早うさん」

遠慮することなく上がり込んだ誠四郎は、まずは仏壇の前に座る。

勘太が余り木で拵《こしら》えた小机の上に、ちいさな白木の位牌《いはい》がふたつ祀られている。不幸にして双親より先に身罷《みまか》った、三太の兄と姉であった。

神妙に拝み終えた誠四郎に、勘太は親しげに語りかける。

「どうしたんですかい。今朝はまた、ずいぶんと早起きじゃねぇですか」

「ま、たまにはな……」

「地震なんぞ御免ですよ。それじゃ桶屋は儲かるどころか飯の食い上げになっちまう」

「父子で同じことを言うもんじゃないよ」

苦笑する誠四郎の前に、女房《おんな》房のお里《さと》が飯と味噌汁を並べてくれる。裏店のおかみの常として紅ひとつ差してはいないが、三十も半ばを過ぎていながら肌に張りのある、なかなかの美形だった。

「さぁさ誠さん、たんと召し上がってくださいな」

古びた碗には湯気の立つ麦飯が山盛りになっている。江戸では武家と町家の別を問わず炊飯は朝に行うのが習慣だった。熱い飯と汁は、朝餉《あさげ》ならではのご馳走なのだ。

「こんなもんしか出せなくて、すみませんね」

飯は麦が半分以上も混じっていた。

「馳走になっておいて、文句なんぞ言えねぇやな」

葱《ねぎ》と油揚げの味噌汁を押し頂きながら、誠四郎は明るく告げる。

続いて箸を取るや、勘太と三太の碗に飯を搔《か》き入れてやる。

「麦飯はお気に召さねぇんですかい、誠さん？」

「すまねぇが、俺ぁこれから一汗かかないといけないんでな……」

戸惑う勘太に詫びを入れると、誠四郎はすり切り一杯の飯を美味《うま》そうに頬張り始めた。

試合であれ稽古であれ、事前の食事は握り飯ならば一個程度にとどめておくのが良いとされている。

空腹すぎては動けないが、腹八分目に抑えるのが肝要なのである。

まして、これから誠四郎が臨まんとしているのは果たし合いだ。対手に後れを取ることなく立ち回るためには体調を万全に整えておく必要があった。

十二

「がんばってね、兄ちゃん」

「ありがとよ。お前もしっかり働くんだぜ」

朝餉を馳走になった誠四郎は、朝市に出勤していく三太と長屋の前で別れた。

早朝の路地は静まり返っていた。

ほとんどの者がまだ寝入っているというだけではない。

町全体が、明らかに活気を欠いていた。

根津権現では毎年、九月に例大祭が催される。

地元では山王《さんのう》権現・神田明神《かんだみようじん》と並ぶ江戸の三大祭と呼ばれる例大祭は、ここ根津権現を産土神《うぶすながみ》とする六代家宣《いえのぶ》公の遺志を奉じて、正徳《しようとく》四年（一七一四）に始められた。

一時は山王祭・神田祭ともども将軍家御用の天下祭という大役を担い、今も祭りの当日には家宣公奉納の大神輿《おおみこし》を中心に幾台もの練り物（山車《だし》）が繰り出し、古式ゆかしい装束に身を固めた氏子たちが界隈を賑やかに練り歩くのが常だった。

しかし、今年はどうも芳《かんば》しくない。

それというのも、米不足のせいだった。

この時代、江戸で暮らすことの一番の楽しみは、白い米の飯を腹いっぱい食えることだとされていた。

江戸には諸国から年貢米が廻送されてくる。

武家にとって年貢は唯一の収入源であり、将軍も大名も、所領の農村から徴収した米を自家消費分以外はすべて金に換えることで、生活が成り立っていた。

その点は、家臣も同様である。

将軍家直参の旗本・御家人も、勤番《きんばん》と呼ばれる江戸在勤の藩士たちも蔵米《くらまい》所から必要なだけ米を受け取り、余りは札差《ふださし》と呼ばれる業者に換金を委託していた。札差が買い取った米は市中の小売商へ払い下げられ、一升をわずか数十文で買い求めることができた。

安い食い物の代名詞だった夜鷹蕎麦《そば》でさえ一杯十六文だったのを思えば、まさに破格と言えよう。この江戸では長屋暮らしの庶民であっても好きなだけ、米を飽食していられる仕組みになっていたのであるが、今年ばかりは事情が違っていた。

去る六月二十五日（陽暦八月十日）には最上川《もがみがわ》が大洪水を起こし、八月に入ってからも関東一円が暴風雨に襲われて、江戸では深川の三十三間堂が半壊するなど、各地で深刻な風水害が相次いでいる。そのため豊作だった昨年から一転し、収穫高が激減した米がじりじりと値上がりしつつあったのだ。

米の値が上がれば、物価全体が急騰する。

東北のみならず西国の摂津《せっつ》や丹波《たんば》でも、暴動が頻発していた。

飢えた群衆が富裕な家々を襲撃し、金品を強奪して廻る打ちこわしはいつ何時《なんどき》、江戸で発生してもおかしくなかった。このまま公儀が米価を統制しきれず、一升の値が百文にも達してしまえば誰にも歯止めなど利くまい。

かつて市中を混乱に陥れた天明《てんめい》の打ちこわしが、いつ再現されるやも知れない。そんな言い知れぬ不安を抱えながら、江戸の庶民は日々を過ごしていたのである。

例大祭への盛り上がりが今一つなのも、無理からぬことだった。

(せっかくの祭りだってぇのに、これじゃ仕様がねえや……)

胸の内で溜め息を吐きながら、誠四郎は門前を通り過ぎていく。

留蔵が早起きなのは知っていたが、辻番所に立ち寄ろうとはしなかった。

今日の勝負は、何も留蔵のために買って出たわけではない。結果として危機を救うことになったとはいえ、あくまで成り行きだと誠四郎は考えていた。

それに、どこか心が躍ってもいる。

久方ぶりの道場での立ち合いに、若者の気分は高揚して止まなかったのだった。

十三

瀬名道場は芝界隈の武家地の中でも江戸湾に近い、芝浦《しばうら》の一軒家である。

板壁は隙間だらけで、潮風が始終吹き込んでくる。冬場ならば耐え難いことであろうが残暑厳しき折だけに涼しい限りだった。

「よくぞ、逃げずに参ったの」

四人の門弟は、玄関に立った誠四郎を鋭く睨《ね》め付ける。どの者も、すでに防具一式を身に着けていた。

面鉄《めんがね》の下から向けてくる視線は、いずれも敵意に満ちている。

彼ら微禄の御家人にとって、旗本はすべて敵である。まして誠四郎のような大身旗本は憎むべき対象以外の何者でもなかった。

しかし、誠四郎はまったく動じない。

「当たり前《めぇ》よ」

不敵に見返しつつ、雪駄を脱いで上がり框《かまち》に足を乗せる。根津から休むことなく早足で馳せ参じた若者の両の足は埃《ほこり》まみれだった。

「拭いもせずに無礼であろうが⁉」

「うるせぇな」

食ってかかってきた一人に対して、誠四郎はふてぶてしく答えていた。

「こちとら客人なんだぜ。文句があるなら、濯《すす》ぎの水ぐれぇ持ってきやがれい」

「むむ……」

黙り込んだ四人を尻目に、ずんずん奥へ入ってゆく。さすがに稽古場へ足を踏み入れるときには入口で一礼し、足の裏を拭うのを忘れはしなかった。

小体《こてい》な構えながらも道場の掃除は行き届いており、床板には塵《ちり》ひとつ見当たらない。

感心したように一瞥《いちべつ》した後、誠四郎は立ったまま神前の礼を行う。

剣術に限らず、武術の稽古場には神棚が設けられているのが常だった。稽古の前後には必ず神前に拝礼するのが作法なのである。道着も何も用意せず、浴衣の尻をからげただけの格好で乗り込んできた誠四郎だったが、最低限の礼儀まで怠りはしなかった。

頭を上げたとき、無頼の若者の双眸は澄み切っていた。

「さ、早いところおっ始《ぱじ》めようぜ」

日の本の剣術の聖地として崇《あが》められる鹿島《かしま》・香取《かとり》両神宮の御札が納められた神棚の前を一歩離れるや、不敵にうそぶく。

「他の連中が集まってきたら面倒なんだろ？　ひとりずつじゃ面倒だからよ、みんな一遍にかかってくるがいいぜ」

「おのれ！」

若い一人が、許さじとばかりに進み出る。

「ははは……お前さん、いい目をしているなぁ」

血走った視線を身じろぎもせず受け止めて、誠四郎は哄笑《こうしょう》した。

「だけどよ、まずは口より先に手を動かすこった。さっさと竹刀《しない》を持ってきな」

「ぼ、防具は要らぬと申すのか⁉」

「当たり前よ」

誠四郎の態度はふてぶてしくも自然なものだった。

彼が学んだ柳生新陰流では、防具を一切用いない。

使用するのは「ひきはだしない」と称される、弾力性に富んだ打撃具のみである。

割れ竹を革でくるんだ「ひきはだしない」は柔軟きわまりない半面、心得の有る者から打たれれば、その衝撃は骨まで響く。

誠四郎は六歳で入門した柳生道場において、そんな苛烈な稽古を積んできたのだ。もとより面も小手も必要とはしていなかった。

「命知らずめが。覚悟せえよ」

年嵩の門弟が怒気を抑えつつ、誠四郎に竹刀を手渡す。柄を含めた全長が三尺九寸（約一一七センチメートル）の、後世の剣道においては標準とされる長さだった。

「三九《サンク》かい。俺の身の丈にゃ、ちょうどいいや」

びゅっと一振りし、誠四郎は満足そうに微笑んだ。

一番手は先程から絡んできていた、血気盛んな若い門弟である。

中段の構えで向き合う二人の周囲を、他の門弟たちが取り囲む。

「いいねぇ」

誠四郎はどこまでも余裕の態度を崩さない。

「四方からよぉ、お前さん方の殺気がびんびん伝わってくるぜ」

「こやつ！」

若い門弟が怒声と共に打ち込んで来る。

二条の竹刀が交錯し、ぱぁんと鳴った。

刹那。

「ううっ⁉」

呻《うめ》き声を上げながら、若い門弟は崩れ落ちていく。

床板に前のめりになったときにはもう、完全に失神してしまっていた。

誠四郎は殺到した対手の竹刀を斜《はす》にした刀身で受け止めるや、間を置くことなく振りかぶって左面を決めたのだ。まさに電光の如き一撃であった。

柳生新陰流の基本とされる一手『廻し打ち』である。打ち込まれた竹刀をひとまず受け止めたのも、あくまで次の攻めに転じるための前段階だったのだ。

残る三人の門弟は声も出ない。

武門の誉《ほま》れ高き本多家の庶長子《しょちょうし》が腕自慢と聞いてはいたが、まさかここまでの遣い手であろうとは思ってもいなかったのである。

「さ、お次はどいつだい？」

誠四郎は竹刀を引っ提げたまま、ぐっと皆を睥睨《へいげい》する。

と、そのとき。

「そこまでにしておけ」

道場の入口に細身の若者が現れた。

どうやら、立ち合いの一部始終を陰から見届けていたらしい。

誠四郎と同じぐらいの年格好の若者は木綿の筒袖に、綿袴を穿いていた。

染み込んだ汗の臭いこそ強いが、生成り《きな》の袴には皺ひとつ見当たらない。稽古を終えるたびに折り目を手で伸ばし、形を整えて陰干しすることを習慣づけていなくては、こうはならないことだろう。

入口で一礼して、若者は悠然と道場に歩み入る。床板を足裏の前半分で踏み、一瞬たりとも浮かせたりはしなかった。

完璧な摺《す》り足で歩み寄ってきた若者は、門弟たちの前に立つ。

「先生がご不在の折を狙《ねろ》うて、困った真似をしてくれたの」

「師範代……」

「そも、おぬしたちで歯の立つ対手ではあるまいぞ。素直に負けを認めることだ」

年嵩の門弟が何やら言いかけたのを、若者は即座に遮る。

他の二人も抗弁することができずにいた。

齢《とし》こそ下だが、この若者は道場の皆に稽古をつけることを任された立場なのだ。まして内緒で他流試合に及んだ現場を押さえられたとなれば、逆らえるはずがなかった。

しかし、若者はそれ以上の叱責をしようとはしなかった。

誠四郎に向き直るや、ちらりと白い歯を見せる。

「久しいの、本多」

「よぉ」

誠四郎も親しげな笑みを返す。

神谷真一郎《かみやしんいちろう》、二十四歳。

屋敷も近い誠四郎とは襁褓が取れる前からの幼なじみで、大身の本多家には及ばぬまでも千石取りの旗本の跡継ぎであった。

十四

「お前さんが師範代になったって聞いていたんでな、朝から邪魔させてもらったぜ」

「左様であったのか……」

幼なじみの一言に、真一郎は微笑みで応じた。

経緯は分からぬが、四人の門弟が誠四郎を呼び出したのは間違いあるまい。しかし当の誠四郎はそう言わず、自分から乗り込んできたと主張しているのだ。

真一郎はそれ以上、子細を問おうとはしなかった。

「されば、ひと汗かくか」

自分が門弟たちに代わって立ち合う。そう申し出たのである。

「望むところよ」

笑顔でうそぶく誠四郎の前に、真一郎は手ずから予備の防具を持って来てくれた。

「すまねぇな」

逆らうことなく礼を告げ、誠四郎は支度を始めた。

懐中から取り出した手拭いで頭を覆って、上から面を着ける。

直心影流で使用される防具は面と小手のみである。

上段からの真っ向打ちで敵を制する、独特の太刀筋を磨くために鉄で補強された頑丈な面を着用する一方、打たぬ胴には何も着けないのだ。

だが他流試合となれば、胴打ちを手控えてくれなどと申し出るわけにはいくまい。

支度を終えた真一郎は何も言わず神前に拝礼し、誠四郎と向き合った。

共に、構えは上段である。

振りかぶった竹刀の角度は、誠四郎のほうがやや深い。

柳生新陰流では『雷刀《らいとう》』と呼ばれる構えであった。

見れば、姿勢も先程の立ち合いとは明らかに違ってきている。

誠四郎は爪先を上げ、踵《かかと》で床を踏んでいた。

常に摺り足を課せられる後世の剣道・居合道においては厳しく注意される点である。

しかし、合戦場で行使された実戦剣に端を発する古流剣術の諸流派では、足捌《さば》きを限定することはしない。

乱世の剣聖・上泉伊勢守信綱《かみいずみいせのかみのぶつな》に連なる柳生新陰流では、進むときも退《ひ》くときも爪先を上げるのが基本とされていた。

そして今、誠四郎は踵で床板を踏みつつ、間合いをじりじりと詰めている。

足腰を垂直に沈めるようにし、重心を低く取っていた。

これが柳生の剣における、本来の足と体《たい》の捌きなのである。

先程のように軽くあしらうだけならば、誠四郎とて真剣にはならないことだろう。流派こそ違えど自分と時を同じくして剣術修行を始め、斯道《しどう》に邁進してきた知己と対決するに及んだからこそ、本気を見せているのだ。

対する真一郎は腰高《こしだか》の姿勢を取り、踵を上げて爪先を立てた摺り足で前進している。

あくまで自分が学び修めた足捌きと体捌きを崩そうとはしなかった。

真一郎の袴は裾長に仕立てられていた。床を踏む爪先の動きが見えぬようにすることで出方を探られるのを防いでいるのだ。

むろん、小手先だけの策ではない。その運足《うんそく》と鋭い目付は、誠四郎に劣らず修練を積み重ねたものだった。

二人の視線が交錯する。

次の瞬間、道場内に裂帛《れっぱく》の気合いが響き渡る。

「ヤッ」

「トォー!」

二人は同時に面を打っていた。

「参った」

誠四郎はそう告げるや、すっと竹刀を手許に戻す。

「神谷のほうが打ち込みは深かったぜ。そうだろう?」

同意を求められた門弟たちは、戸惑いながらも頷いた。

たしかに真一郎は頭の鉢を上から断ち割るかの如く、深々と打ち込んでいた。

対する誠四郎は、額へ打ち込むように竹刀を振るっていた。

勝敗を分けたのは、足捌きの違いだった。

真一郎は摺り足で間合いを詰め、前方へ飛び込むようにして打撃を見舞った。

然《しか》るに誠四郎は踵で床を踏んだ姿勢のまま前進し、しかと足場を定めた上で重い一撃を浴びせたのだ。

肩を支点にして打ち込む瞬間に腰を落とし、足腰の力を余さず載せて打ち込んだ一撃は力強いものだった。真剣で、むろん面など着けずに立ち合っていれば間違いなく真一郎は顔面を斬り割られていたことだろう。

だが、これは竹刀と竹刀での立ち合いである。

「腕を上げたなぁ、神谷……」

誠四郎は、負けて悔い無しだった。

十五

門弟たちは意識を取り戻した一人を交え、道場の掃除を始めていた。

雑巾を固く絞っては、端《はし》から端まで拭いていくのだ。

四人の門弟は尻を高々と立てて順序よく行き交い、床板を拭き上げてゆく。

師範代の真一郎が勝利してくれたので溜飲が下がったのか、誠四郎に文句ひとつ付けては来なかった。他の門弟も三々五々朝稽古に出てきたとなれば、もはや軽挙に走るはずもあるまい。御家人と旗本の遺恨は、ひとまず晴れたのだった。

誠四郎は庭の井戸端を借りて諸肌《もろはだ》脱ぎになり、汗を流していた。

真一郎は釣瓶《つるべ》でたっぷりと水を汲み上げ、盥《たらい》に注いでやる。これから門弟たちに稽古をつけてやらなくてはならないため、ひとまず防具を外してきただけの格好である。

ぱしゃんと跳ねた水が、明るい朝日を照り返す。

もう、六つ半（午前七時）に近いことだろう。誠四郎が道場に乗り込んで来てから早くも小半刻が経《た》っていた。

「おぬしの業前《わざまえ》、変わらぬのう」

「お世辞は止してくれよ」

肌を納めながら、誠四郎は口の端《は》に苦笑を浮かべた。

「年が明けてからこっち、柳生様ん道場《とこ》にはご無沙汰しっ放しよ」

「されど、独り稽古は欠かしておらぬのだろう」

「なぜ、そう分かるんだい」

「おぬしの竹刀を見せて貰《もろ》うたからな」

「……」

「左の手の内《うち》が利いておる。折に触れて打物《うちもの》を手慣らしておらねば、ああは参るまい」

借り物の竹刀は、道場に戻されていた。

横にして架けられた竹刀の柄は、誠四郎が左手で握っていた柄頭近くの箇所だけ、巻いた革が捩《ねじ》れていた。

一方、右手で握った鍔元近くの箇所は、ほとんど捩れていない。

これは使用後の竹刀の理想とされる状態だった。

真剣であれ竹刀であれ、振るうときには左手を主、右手を従とする。

打ち込む瞬間に手の内を締めることで支点を定め、遠心力を発揮させる際にも両の手を均一に絞り込んでしまってはうまくない。左手をしっかり締めつつ、右手は軽く握るのが肝要なのだ。

誠四郎は自然体で竹刀を捌きつつ、練達の手の内を示していたのである。

「さすがは武門の誉れ高き、本多の若様だのう」

「もう止めなって」

照れ臭そうに誠四郎は手のひらを打ち振る。左の掌底《しょうてい》と小指の真下には真一郎の言葉を裏付けるかの如く、見事な竹刀胼胝《だこ》が盛り上がっていた。

道場からは竹刀の響きが聞こえてくる。

数が揃った門弟たちは二人ずつ組になって、懸《か》かり稽古を始めていたのだ。

「見取りをして参るか？」

「そうさせてもらおうか」

真一郎の誘いに、誠四郎は明るく答えた。

見取りとは、他者の稽古や演武を見学することである。漫然と眺めるだけでなく、一挙一動を我が身の動きに照らし合わせる手本とさせてもらうのだ。とりわけ上級者の演武に接するときは文字通りに要点を見て取り、真似《まね》ぶ心がけが大切とされていた。

誠四郎は、決して剣術を捨てているわけではない。無頼の日々を送ってはいても、修行者としての心根まで腐らせてはいなかった。

十六

稽古は正午に終了した。

真一郎が合図の太鼓を打ち叩くや、門弟たちは席次の順で横一線に並んで座る。竹刀はそれぞれ右脇に置かれていた。

「正座！」

年嵩の門弟が発する号令に従い、面を外した一同は黙然と目を閉じる。

号令は淀みなく続いた。

「上席に礼っ」

「神前に礼っ」

「お互いに礼っ！」

礼を交わした門弟たちは、さっと上座の師範代席へ歩み寄っていく。

「ありがとう存じましたっ」

「大儀……」

順番に座礼をしていく門弟に応じ、真一郎はひとりずつ慇懃《いんぎん》に礼を返す。

剣術道場の風景は、万事が折り目正しい。それは見取り席の誠四郎にとって、懐かしさもひとしおの風景だった。

むろん、こちらも一同に倣《なら》って座礼をした後である。

根津界隈では無頼に振る舞っている誠四郎だが、根っからの不作法者とは違う。武士の子として幼い頃から厳しく躾《しつ》けられたのみならず、道場という場でも礼儀作法もきちんと学んできた身なのだ。果たし合いに乗り込んだことで、今日は図らずも己の原点に戻ったような気がしていた。

（やっぱり、いいもんだなぁ）

しみじみと実感する誠四郎の目の隅に、若い女の姿が映じた。

伸びやかな肢体に着けた小袖は古びてこそいるが、絽《ろ》の生地に織り出された蜻蛉《とんぼ》模様が秋の到来を思わせる、何とも涼しげな意匠だった。

塩瀬《しおぜ》帯の胸前に、錦袋に納めた懐剣《かいけん》を差している。この女は武家娘なのだ。

門弟たちが使った足拭き用の雑巾を、娘は甲斐甲斐しく片付けていた。慣れた動きから察するに、いつも道場の手伝いに来ているらしい。

もう二十歳に近いと見受けられるが眉は剃っておらず、鉄漿《おはぐろ》も差してはいない。豊かな黒髪を丸髷ではなく島田に結い上げているのも、嫁入り前であることの証左だった。

「あれは、たしか……」

誠四郎はその娘に見覚えがあった。

細面で鼻梁《びりょう》も高いが、ぱっちりした目元は柔和そのものである。化粧らしい化粧もせず張りのある唇に薄く紅を刷《は》いているだけだが、肌は抜けるように白い。諸方の盛り場を徘徊するのが常の誠四郎だが、滅多にお目にかかれぬほどの美形であった。

雑巾を片付け終え、きれいに手を洗ってきた娘は、濡れ手拭いを捧げ持っていた。

真一郎に、そっと手渡す。

汗まみれの顔を綻《ほころ》ばせた若者が何やら礼を告げるのに応じて、娘は恥ずかしげな笑みを浮かべて見せた。

神聖な道場内で斯様《かよう》に言葉を交わしているからには、この二人は他の門弟たちはむろんのこと、不在の道場主も公認の仲であるに違いない。さもなければ、謹厳実直な真一郎が女人の立ち入りを許すはずもないだろう。

真一郎が汗を拭き終えた。

明るく微笑みながら、娘は手拭いを受け取る。

その笑顔を目の当たりにしたとたん、誠四郎は彼女が誰なのかを思い出した。

(そうだ、朽木《くちき》のお佳世《かよ》ちゃんだ！)

泣き虫だった往時の美少女の面影《おもかげ》が、鮮やかに甦《よみがえ》る。

佳世、十九歳。

芝小町の誉れも高い彼女は、三百俵取りの御家人・朽木家の一人娘であった。

武家屋敷の密集する芝界隈では家禄の大小に拘《かか》わらず、幼い頃にはどの家の子も一緒になって遊び回る。それで誠四郎は佳世のことを見知っていたのだ。

界隈の男の子は大人しい彼女をからかいながらも誰もが皆、憧憬の念を抱いていたものである。同じ直参の子弟ばかりか町家の悪がきまでを総なめにし、暴れん坊の大将として君臨していた誠四郎も、そんな初心《うぶ》な少年の一人だった。

手習いの場でさえ、男女が席を同じくするのが許されなかった時代のことである。齢を重ねるごとに美しくなっていく彼女のことは遠くから眺めているより他になかった。

(そうかい、真一郎の奴とねぇ……)

誠四郎の表情に、屈託の色はまるで無い。

幼い頃から剣術の稽古に熱中するばかりの朴念仁であり、女っ気ひとつ無かった竹馬《ちくば》の友が自分の知らぬうちに、評判の小町娘とわりない仲になっていたのである。

幼なじみとして、これほど喜ばしいことはないだろう。

無言のまま、すっと誠四郎は腰を上げる。

野暮は無用と心得ていればこそ、気付かれぬように道場に一礼したのみで速やかに立ち去ったのであった。

十七

「明日も来いよ」

「おお、負けぬぞぉ」

防具と竹刀を担いだ若人たちは、明るい声を交わしながら三々五々家路に就く。

この時代、剣術の稽古は早朝から正午まで行われた。

勤めがある者は出仕する前の一時《いっとき》だけ参加し、居残る者は小休止を取りつつ昼飯時まで竹刀を振るって汗を流す。

瀬名道場の門弟は御家人の二、三男がほとんどであった。閑を持て余している部屋住みとなれば終《しま》いまで稽古に出ていても障りはないのだ。

師範代の真一郎は総領息子だが父親は未だ壮健であり、嫁取りをして家督を継ぐまでは好きなことをしていられる、結構なご身分であった。

だが、いつまでも呑気《のんき》に過ごしてはいられないようである。

真一郎が出てくるのを、佳世は玄関で待っていた。

「お先に失礼致す」

「いつも有難う、佳世さん」

門弟たちは別れの挨拶《あいさつ》をしながらも、その清楚な横顔に見とれずにはいられない。声をかけられるたびに佳世はしとやかに一礼し、帰っていく門弟たちを見送った。立ち姿ひとつを見ても、可憐そのものである。

と、柔和な目元に歓喜の色が差した。

「遅うございますわよ、真《しん》さま」

「すまぬ」

甘えを帯びた声でなじった佳世に、真一郎はすかさず詫びる。

「本多の姿が見えぬのでな、探しておったのだ」

「えっ」

佳世が驚いた声を上げた。

「本多様がお出でだったのですか？」

「見取り席に居《お》ったであろう。浴衣姿で」

「私はまた、入門を望んでこられた方とばかり……」

怪訝《けげん》そうに見返した真一郎に、佳世は信じ難い様子で答える。

幼なじみの誠四郎とは、もう何年も顔を合わせてはいなかった。素行を悪くし、放蕩三味の日々を送るようになってからの誠四郎は、ほとんど芝界隈には寄りつかずにいたからである。

何しろ、親友の真一郎にしても顔を合わせたのは一年ぶりだったのだ。道場の手伝いの他には滅多に外出することのない佳世が見忘れていたとしても、無理はないだろう。

どうやら真一郎も、そう思ったらしい。

「たしかに、見た目はだいぶ品下がっておったからのう」

「ご挨拶しそびれてしまい、申し訳ありませぬ」

「構わぬさ」

恐縮する佳世に、真一郎は明るく告げる。

「いずれ祝言《しゅうげん》を挙げるときには、必ずや招くとしようぞ」

「はい……」

想い人のさりげない一言に、佳世は嬉しげに微笑み返す。

この二人は、かねてより想いを寄せ合っているのである。

すでに双方の親の許しを得ており、近々に結納《ゆいのう》を交わすことになっていたのだ。

公認の仲となれば、誰もちょっかいを出してくるはずがない。

誠四郎もそう思えばこそ気を利かせ、いち早く退散したのであった。

十八

瀬名道場を後にした誠四郎は近くの煮売屋で饂飩《うどん》を啜った後、愛宕下の生家——本多の屋敷へと足を向けた。

「久しぶりだな……」

ひとりごちつつ、午下がりの広小路を辿ってゆく。

直参と大名の別を問わず武家屋敷が密集している愛宕下界隈でも、本多家の豪壮な長屋門は一際目立っていた。

門の左右に広がる塀が、家臣の住まう長屋を兼ねているのである。さすがは葵紋《あおいもん》の使用を将軍家より格別に許された、名家ならではの門構えだった。

(いざ来てみると、やっぱり敷居が高いやな)

無人の門前に佇《たたず》んだまま、誠四郎は胸の内で暗くつぶやく。

放蕩息子にとって、わが家とは近くて遠いものだ。まして勘当同然の身とあっては堂々と表門から出入りするのは気が引けるのだろう。

しかし、屋敷の者は放っておかない。たとえ庶子であろうとも、誠四郎は本多の若様に変わりないのだ。

「若！」

すかさず声をかけてきたのは、門番のいかつい老爺だった。

ちょうど表へ立ち番をしに出てきたところで、誠四郎の姿を認めたのである。

治作《じさく》、六十八歳。

本多家の奉公人たちの中でも古株で、幼い頃から悪がきだった誠四郎の面倒を飽くことなく看《み》てきた好々爺《こうこうや》だった。

治作は歩み寄るや、しっかと誠四郎の手を握る。逃がすまいとするかの如く、皺張った指を若者の逞しい手に絡めていた。

潜り戸を通った二人は、玄関に立つ。

「久しくお戻りもなく、何処へお出でだったのですか？」

改めて向き合った治作は、鼻を啜りながら問うてきた。

屋敷に居着こうとせず、とうとう根津の裏長屋で独り暮らしを始めるに至ってしまった蕩児《とうじ》の安否を、ずっと案じてくれていたのだろう。

「しばらくだったな、治作。お前さんも元気そうで何よりだぜ」

虚勢を張ることもなく、誠四郎はお仕着せの肩を撫でてやった。使用人の誰からも好かれている誠四郎だが、この治作とは実の祖父と孫にも等しい間柄であった。

程なく、治作は落ち着きを取り戻した。

「忠一坊っちゃんもお出でですよ。会って差し上げてくださいまし」

「真実《ほんと》かい？」

弟の名を出されたとたん、誠四郎は相好《そうごう》を崩す。

本多の屋敷に足を向けたのもたまたま近くに来たからではなく、誰よりも可愛い弟の顔を見たいがためだったのだ。

そこに当人が現れた。

「兄上！」

満面の笑みを浮かべて歩み寄ってきたのは本多忠一、十五歳。

本多家の正室を母に持つ、誠四郎とは腹違いの弟である。

忠一は月代の剃り跡も初々しい、元服したての美少年だ。面長《おもなが》の造作こそ父親の忠清似だが目元は涼しく、利発な輝きを放って止まない。

「よぉ」

片手を挙げて応じながら、誠四郎は弟に微笑みかける。

ちょうど庭で素振りをしていたらしく、忠一は木刀を左手に提げていた。それで誠四郎が帰ってきたのにもいち早く気付き、自分から出てきたのだ。

「午前《ひるまえ》も柳生様ん道場《とこ》で稽古だったんだろう？　精が出るこったな」

「兄上に一日でも早《はよ》う、追い付きとうございますれば……」

久方ぶりの兄との対面を、忠一は心から喜んでいる様子だった。

「とまれ、中へお入りくだされ」

「ああ」

忠一に促《うなが》されるがままに、誠四郎は雪駄を脱ぐ。

後に残った治作は手拭いを取り出し、砂だらけの雪駄をていねいに拭い始める。そんな好々爺に目礼を残しつつ、誠四郎は弟の後に続いて屋敷内に入っていくのであった。

十九

使用人たちは廊下で出くわすたびに脇へ退《ど》き、兄弟に礼をしてくれた。

庶子の誠四郎に対しても、軽んじた態度など微塵《みじん》も示しはしない。久しぶりの帰宅を誰もが喜んでくれていた。

「父上はご不在かい？」

「はい。お戻りは夕刻になられるそうです」

「そいつぁ助かったぜ」

誠四郎は安堵の吐息を漏らす。

忠一が案内してくれたのは長い廊下の突き当たりにある、誠四郎の自室だった。

根津の長屋に住み着くとき最低限の私物だけは持ち出していたが、調度品などはすべて昔のままになっている。

「とっくに片付けられちまったと思っていたよ」

文机《ふづくえ》の前に腰を下ろし、誠四郎は懐かしそうに微笑む。

愛用していた机の上には、埃ひとつ見当たらない。

掃除が行き届いている理由は、忠一の口から語られた。

「勝手ながら、こちらのお部屋は私の書見《しょけん》に使わせていただいておりまする」

書架には、誠四郎の蔵書がぎっしりと詰まっている。忠一は兄から譲られた書物を自室へ移すことなく、毎日渡ってきては机に向かっているらしかった。

「おかげさまで学問も進んでおります」

「そうかい……精々励むがいいぜ。何しろ、お前さんは本多の跡取りなんだからなぁ」

弟の頼もしい言葉に頷き返してやりつつ、誠四郎はふと問うた。

「ところで義母上《はは》もいねぇようだが、どうしたんだい」

「例によってのことですよ」

　忠一は苦笑を浮かべて見せた。

「ご近所に、縁談が持ち上がりましたのでね。お祝いの品をご用意しなくてはと申されて日本橋《にほんばし》までお出かけなのです」

　本多家の正室、つまり誠四郎にとっては義理の母であり、忠一の産みの母である勝江は見栄っ張りな性分だった。何か祝い事があるたびに乗物（専用の駕籠《かご》）を仕立てて日本橋へ繰り出し、自ら贈答の品を選ぶのに一騒ぎする。それで値《あたい》を惜しまぬのならば得意先の商家にとっても上客と言えるのだろうが、勝江は冠婚葬祭の礼を欠かすのを恥と思う一方で吝嗇《りんしょく》な質《たち》でもあり、外聞も憚《はばか》らず値切るために何処の店でも嫌われていた。

　ともあれ不在ならば、誠四郎にとっては小言を食うこともないので有難い。

　しかし、続く忠一の話は意外なものだった。

「贈り先が岡部様となれば下手なものは選べませぬと、張り切っておいででしたよ」

「岡部の家で縁談ってことは、嫁取りをするのは好太郎なのかい？」

「はい」

「あの野郎が家督を継ぐのかい……」

昨日の剣呑《けんのん》な振る舞いを直《じか》に目にしている誠四郎にしてみれば、苦笑せざるを得ない話だった。誰が嫁いでくるのかは知らないが、よほど苦労を強《し》いられることであろう。

「で、相手は誰なんだい」

不幸な縁組だと思いつつ、誠四郎は何気なく忠一に問うた。

ところが、返ってきた答えは意外きわまりないものだった。

「佳世さんですよ。ほら、芝小町の」

「……………」

誠四郎は思わず言葉を失う。

如何なる経緯で縁組が調《ととの》ったのかは定かでないが、これは佳世と相思相愛の真一郎にも覆《くつがえ》せぬことだった。

同じ直参旗本でも、好太郎の父親は書院番頭を務める身である。まして四千石の大身となれば、千石取りの神谷家とは比べるべくもなかった。

二十

岡部家の屋敷は、本多の家から五町（約五四五メートル）ほど離れた場所にある。

同じ長屋門の構えでも一回り小さいが、内証《ないしょう》は豊かだった。

当主の岡部勘右衛門は、すべての長屋を賃貸《ちんが》しに供している。医者など金回りの良い者ばかり選んで部屋を貸し、相場の倍の店賃を取っていた。

それでも入居を望む者が絶えぬのは、旗本の屋敷内ならば盗っ人《と》に押し入られる恐れもなく安全であり、客からの信用も得やすいからだ。とりわけ人気商売の医者にとって武家屋敷の長屋に居を構えることは、稼ぎを増やすための格好の手段だったのである。

その点は、貸し主の勘右衛門も同様だった。店子たちから集めた月々の店賃を猟官《りょうかん》運動に余さず注ぎ込み、更なる出世を図ることに余念がなかった。


母屋《おもや》の奥では、夜勤明けで帰宅した岡部勘右衛門が着替えの最中だった。

「早うせえ！」

裃《かみしも》の袴紐を解く妻女を、勘右衛門は声高に急《せ》かしている。一刻も早く装いを改めた上で何処かへ外出したいのである。

岡部勘右衛門は四十八歳。恰幅が良くて鼻柱の太い、傲岸不遜《ごうがんふそん》な外見の持ち主だ。

妻女の豊世《とよ》は四十六歳。嫁《か》してきてすぐ懐妊し、嫡男の好太郎を産んだことで大身旗本の正室としての地位を永らく保ってきた女人《にょにん》である。

夫の勘右衛門は新婚以来、側室ひとり抱えたことはない。となればさぞかし寵愛《ちょうあい》されているのかと思いきや、豊世の外見は枯れきっていた。

色こそ白いが肌にはまったく艶《つや》がなく、両の目は落ちくぼんでいる。か細い四肢には重そうな小袖はもう幾十年も着ているらしい、流行遅れの立木模様だ。

やつれた妻に対する勘右衛門の態度は冷淡そのものだった。

「緩いぞ。しかと締めぬか」

「はい……」

博多帯を締め直す豊世の動きは見るからにのろかったが、勘右衛門は他の者を呼べとは言わない。この広い屋敷には、余分な人手など無いからだ。

武家屋敷で何よりも内証を圧迫するのは、家格に応じた頭数の奉公人を常時召し抱えておくことである。そこで岡部家では、すべての者を通いで雇っていた。

出仕するときに乗物を担ぐ陸尺《ろくしゃく》（駕籠かき）も、供をする若党《わかとう》と中間《ちゅうげん》もすべて日払いで口入屋《くちいれや》（人材派遣業）に手配している。勘右衛門は口入屋には直に指示を出し、武家の屋敷内に住まわされて堅苦しい思いをするよりは、日当が多少安めでも通いで働くほうが気楽だと考えるような者ばかりを選ばせていたのだ。

そうすれば、本来は奉公人のための住居である長屋も空き部屋ばかりとなり、賃貸しに廻して店賃が得られる。出世のために一文でも多くの軍資金が欲しい勘右衛門にとっては願ったり叶ったりのことだった。

そんな岡部家では、女中を一人も置いてはいなかった。

奉公人を全員通いにしている以上、自分と嫡男の世話だけならば豊世だけで事足りると勘右衛門は見なしていたのだ。

呆れた吝嗇ぶりと言うより他にあるまい。

帯を締める絹鳴りが、きゅっきゅっと空《むな》しく聞こえる。

本来、格式有る武家の妻女は自ら家事に従事したりはしない。しかし、豊世は十八歳で嫁してきてからずっと、炊事も洗濯も独りでこなすことを強いられてきた。好太郎が誕生しても、勘右衛門は乳母《うば》も子守りも雇わせなかった。

むろん、何もかも外聞を憚《はばか》られることである。

表向きは四千石の大身旗本の当主らしく気前よく振る舞い、客を招いて饗応《きようおう》する必要があるときだけは見目麗しい女中たちを取り揃えて場を取り繕うことを怠らぬようにし、勘右衛門は世間の目を欺《あざむ》いてきた。

長年の家事と育児で疲れ切った豊世は病がちと称し、表には一切出さずにいた。

そうやって家督を継いだ若年の頃から蓄財にたゆまず励み、今や書院番頭にまで出世を果たしたのだ。

だが、勘右衛門の出世欲はとどまるところを知らない。相変わらず人件費の削減分と家賃収入のすべてを賄賂《わいろ》に遣うばかりか、更なる出世の策を講じようとしていたのである。

「殿様……」

夫に羽織を着せかけながら、豊世がぼそりと言った。

「何じゃ」

勘右衛門はせかせかと袖を通す。

妻女の顔など見ようともしていなかったが、構わずに豊世は続けて問うた。

「好太郎に見合いをさせるそうですね。お相手は朽木様の娘御とか」

「それがどうした」

「宝亀屋《ほうきや》のお鶴《つる》さんを御同役の養女にし、迎えるはずではなかったのですか。今になってお約束を違《たが》えては、外聞が悪うございましょうに……」

宝亀屋とは岡部家への人材派遣を一手に引き受けてきた、芝の口入屋である。その一人娘の鶴と好太郎とはかねてよりわりない仲であり、勘右衛門は正式に嫁とすることを先頃認めたばかりのはずだった。

「そなたは黙っておれ」

苛立《いらだ》たしげに一喝し、勘右衛門は手ずから羽織の襟を正す。

「万事は儂と好太郎で決めたことじゃ。女の身で差し出がましいことを申すでない」

背中を向けたままでそれだけ告げると、佩刀《はいとう》を寄越すようにと手振りで促す。

口を開くのも勿体ない。そんな素振りであった。

「……………」

豊世は抗《あらが》うこともなく刀架の前に立ち、ほつれの目立つ袖にくるんで取り上げる。

やつれきった横顔に、表情は無かった。

二十一

その頃、とある出合茶屋で密会を終えた岡部好太郎は、身繕《みづくろ》いをさせながら女に別れ話を切り出していた。

「そなたとは、今日限りじゃ」

「そんな……」

愛しい殿御の帯を締めていたはずの指が、たちまち強張《こわば》る。

鶴、二十五歳。芝でも最大手の口入屋である、宝亀屋喜平《きへい》の一人娘だ。

丸顔で四肢も太く、お世辞にも美形とは言い難い。しかし好太郎と幾年も内縁の妻同様に付き合ってきた以上、斯《か》くも非道《ひど》い仕打ちをされて良いはずがなかった。

絶句した女に背を向けたまま、好太郎は続けて言った。

「儂は見合いをせねばならぬ。家督を継ぐ上でも、そうせねばならぬのだ」

「あたしはどうなるのですか！　と、父様《とうさま》も黙ってはおりませんよ‼」

鶴が怒声を上げたのも当然だろう。

宝亀屋が大した儲けにもならない岡部家の御用を引き受けてきたのは、鶴が幼い頃から美男の好太郎を慕っていたからなのだ。ために宝亀屋喜平は愛娘《まなむすめ》の我《わ》が儘《まま》を聞き、二人が密かに逢瀬《おうせ》を繰り返すのを黙認しても来たのである。しかし鶴が嫁に行くべき齢になっても岡部父子は縁談を引き延ばし、ようやっと内諾を得たのはつい最近のことだった。

その約束を反故《ほご》にすると、好太郎は言い出したのだ。

しかも、悔悟《かいご》の念などは微塵もない。

「儂が岡部の家を継いだ暁《あかつき》には、もはや宝亀屋などの世話にはならぬ。そうしても構わぬと父上の許しを得ておるのでな」

「好太郎様……」

「そなたも若くはない。早いうちに、分相応の婿を見繕うことだの」

素っ気なく告げるや、好太郎はすっと一歩出る。

背中に飛び付こうとした鶴は間《ま》を外され、敷かれたままの布団に転がった。

「さらばじゃ」

泣き伏す女をそのままに、好太郎は部屋を後にする。

好太郎は旗本の子弟の中でも名うての遊び人であり、鶴と内縁の仲でありながら諸方で女人を泣かせている。このような愁嘆場《しゅうたんば》には、慣れきっているのだ。

父親が吝嗇の質で小遣いも呉《く》れぬとなれば、面白おかしく過ごすためには自分の才覚で何とかするより他にない。幼い頃からそう悟った好太郎は、持って生まれた美貌《びぼう》を武器に女人を籠絡《ろうらく》し、金を引き出す術を学んできた。

この鶴にしても、そんな女の一人としか見なしてはいなかったのである。

たとえ修行を重ねた剣術の達人であろうとも、その人格は最低であった。

こんな男が、佳世を幸せにできるはずもあるまい。

だが、すべては岡部父子の思惑通りに進んでいた。

父の勘右衛門は今頃、朽木家に足を運んでいることだろう。

佳世の双親はかねてよりの申し入れに困惑し、娘にも伝えられずにいるらしい。そこで勘右衛門は使者を立てるだけでは埒《らち》が明かぬと判じ、自ら乗り込もうと決めたのだ。

四千石の大身旗本に、三百俵取りの御家人が面と向かって抗弁できるはずもない。必ずや近日中に、見合いの段取りは付けられるはずであった。

二十二

神谷真一郎の屋敷は、岡部家よりも更に小体の門構えだった。建屋こそ古びているが廊下には塵一つなく、庭の植木は剪定《せんてい》が行き届いている。黒松の見事な枝ぶりが、青い空に映えていた。

真一郎は庭に面した私室で書見台に向かい、漢書を紐解いていた。

一千石の旗本といえば世間で殿様扱いもされているが、その内証は決して豊かとは言い難い。そう自覚できている真一郎は午後はまっすぐに帰宅し、日が暮れるまで学問に励むのが常だった。無駄な金を散じないことが何よりの親孝行だと心がけているのだ。

将軍家直属の家臣である旗本は、父祖の功で代々の禄を安堵される半面、めったに加増されることもない。家を維持するには出世に逸《はや》るよりも限られた禄を無駄にせず、贅沢《ぜいたく》を慎むのが肝要なのである。

好き勝手に過ごしていても構わない直参の子弟たちの中には身を持ち崩し、酒食遊興に興じて借金を拵える者も数多い。

そういった輩と、真一郎はまるで無縁な若者であった。

もっとも、幼なじみの誠四郎だけは例外だ。

誠四郎は文武に秀でていながら庶子ゆえに家督を継ぐことが叶わず、それでいて嫡子である弟の忠一を溺愛《できあい》してもいた。なればこそ忠一に滞りなく家督を継がせるため、敢《あ》えて無頼を装っているのだ。そんな親友の心根を知っていればこそ、真一郎は誠四郎の行状を非難したりはしないのである。

それにしても、今日は久しぶりに立ち合うことができて何よりだった。

(惜しい男だ)

然るべき機会にさえ恵まれれば、誠四郎は文武のいずれでも思うさま出世ができるだけの才覚を備えている。その才を生かすことこそが将軍家への一番のご奉公になるはずなのだが、世間はそれを許さない。

(何かが間違《まちご》うておる……)

そんな想いを抱きながらも、何をしてやれるわけでもない。

徳川の世の矛盾《むじゅん》に疑問を覚えるよりもまず、真一郎が為すべきは良き妻を迎えて、家を守ることなのだ。

佳世は申し分のない娘だった。

旗本と御家人の縁組は、従来は望ましいものではないとされてきた。しかし昨今は公儀も喧《やかま》しいことは言わなくなり、婚家の格が上ならば障りはない。たとえ町人の娘であっても然るべき武家へ一旦養女に入りさえすれば、嫁取りすることができた。

もとより真一郎は佳世のことを、三百俵取りの軽輩の娘などと軽んじてはいない。微禄の家で育った彼女なればこそ共に贅沢を慎み、助け合って生きていくにはふさわしい嫁と見込んでもいたのだ。

すでに、朽木の家には人を介して縁談を申し入れてある。幼なじみで相思相愛となれば話も速やかに進んでおり、近々に祝言を挙げることができるはずだった。

(儂もしっかりしなくてはならぬ。あのように、しかと枝葉を伸ばして参らねばな)

庭の黒松を眺めやり、真一郎はすっと息を吸う。

そこに、どんどんと足音が聞こえてきた。

誰かが廊下を駆けているのだ。

躾の行き届いた奉公人たちが、斯様に不作法な真似をするはずもない。

果たして、息せき切って駆け入ってきたのは竹馬の友だった。

「誠四郎、か?」

「邪魔してすまねぇ」

額の汗を拭いながら、誠四郎は部屋に入ってきた。

急ぎの用で駆け付けてくれたと思しいが、どこか態度がよそよそしい。

「ちょいと……嫌な噂を、耳にしちまったもんでな」

「噂とな」

「落ち着いて聞いてくれよ……」

明かされた内容は、真一郎が夢想だにしなかった一大事であった。

二十三

朽木の屋敷は、粗末な冠木《かぶき》の門構えだった。

三百俵取りの軽輩の上に、無役《むやく》同様の小普請組《こぶしんぐみ》となれば家計は楽ではない。

さびれた母屋の一室で座り込んだまま、佳世は絶望の表情を浮かべていた。

「………」

書院番頭の岡部勘右衛門が訪ねて来たのは、つい先程のことだった。

苦しゅうないと主張した勘右衛門は佳世を同席させ、嫡男の好太郎との縁談を直に申し入れてきたのだ。

聞けば、彼女の双親はかねてより人づてに話を持ち込まれていたという。答えを濁していたのに先方は業《ごう》を煮やし、ついに当主が自ら乗り込んできたのである。

四千石の大身旗本に、微禄の御家人一家が面と向かって逆らえるはずもない。

縁談を強引に約束させた勘右衛門は意気揚々と去っていき、佳世は見合いの日まで外出を禁じられてしまったのだ。

表に出せば、必ずや想い人の真一郎と会うことだろう。思い詰めれば駆け落ちか、下手をすれば心中にまで至ってしまいかねない。それでは困ると勘右衛門は念を押し、連れてきた屈強の若党と中間を見張りにと置いていったのである。

これまで黙認していたとはいえ、こうなってしまったからには二人の仲を禁じるより他にないと苦渋の決断を下した双親に、佳世は逆らえなかった。

「真さま……」

切なくつぶやく娘の耳に、表から言い争う声が聞こえてくる。

「佳世さんに会わせてくれ！　頼むっ」

それは聞き違えることなき、愛しい想い人の声であった。

思わず佳世は立ち上がる。

「お帰りなされ！」

「無礼な真似をしなさると、岡部の殿様が黙っちゃおられませんぜ！」

門内に押し入ろうとする真一郎を、若党と中間が制止しているようである。

「ふざけるねぇ!!」

叫んだのは本多誠四郎だった。事の次第を聞き付けた上で、幼なじみの助っ人にと馳せ参じてくれたらしかった。

だが、当の真一郎はそれ以上食い下がろうとはしなかった。

「止せ、誠四郎っ」

手向かおうとしたらしい朋友《とも》を制する声には、諦《あきら》めの色が滲《にじ》んでいた。

「………」

廊下へ走り出ようとした格好のまま、佳世は押し黙った。

誠四郎が本気を出せば見張りの二人など即座に薙《な》ぎ倒し、真一郎に佳世を連れ出させるのは容易《たやす》いことだろう。

しかし、そうしてしまえば朽木の家ばかりか神谷家までが無事では済むまい。若い二人が逃げて結ばれる代わりに、二つの家名に傷が付いてしまうのだ。それは佳世にとっても望むところではなかった。

双親の弱気を恨むべきではあるまい。

大身の旗本家に目を付けられた我が身の不幸を、今は受け入れるより他にないのだ。

震える指で障子を閉める佳世の双眸に、庭の赤松が映じた。繊細な枝の美しさも絶望の淵に立たされた娘の目には、ただ弱々しいものとしか映ってはいなかった。

二十四

上野の山に夕陽が沈んでゆく。

誠四郎は傷心の真一郎を伴い、根津権現の門前町に来ていた。

「ほら、しっかりしねぇ」

紅灯《こうとう》の瞬《またた》く中、うなだれる朋友の腕を引っ張るようにして雑踏を掻き分けていく。

向かった先は一軒の居酒屋だった。

屋号は『あがりや』。

縄暖簾《のれん》を割って入ると、土間に置かれた菰《こも》かぶりの酒樽が目に付いた。いつも月末に鏡割りをし、常連の客たちに無料で振る舞っているものだ。

「いらっしゃい」

迎えてくれたのは、棒縞《ぼうじま》の単衣も艶《つや》やかな女将《おかみ》だった。

目も鼻も大振りの派手な造作と、着衣の上からでも分かるほど肉置《ししお》きの豊かな体付きをしていても、品下がった印象はまるで感じさせない。

ほぼ満席の客たちが悪戯《いたずら》もせずに行儀良く呑んでいるのも、この女将の躾が行き届いていればこそなのだろう。

お峰《みね》、三十五歳。

美味い酒食を供してくれる門前町でも名店として評判の『あがりや』を、お峰は永らく女手ひとつで切り盛りしてきた。

「久しぶりだったねぇ、誠さん」

親しげに語りかけつつ、奥の席に案内してくれる。

椅子代わりの空き樽に腰を据えた二人は、無言で向き合う。

そこに亭主が酒と肴《さかな》を運んできた。

いつも誠四郎が頼んでいる、中汲《なかぐみ》（濁《にご》り酒）と打ち鮑《あわび》だ。

「これで良かったかい、若いの？」

「当たり前よ。昔っから、武士の酒の肴はこいつと決まっているんだからなぁ」

亭主の差し出す土器《かわらけ》を受け取りながら、誠四郎はうそぶく。細く切って打ち伸ばした鮑の肉を日干しにした打ち鮑は、栗と昆布ともども出陣の儀式に欠かせない酒肴《しゅこう》だった。

「ったく、お前は変わり者《もん》だぜ」

酌をしてやりつつ、亭主は苦笑した。

肩幅が広く、精悍な雰囲気を漂わせている。

頭に巻いた豆絞りの手拭いも似合う、男っぷりの良さだった。

佐吉《さきち》、三十六歳。

恋女房のお峰と共に『あがりや』を営む佐吉は、つい先頃までは滝夜叉《たきやしゃ》の二つ名を持つ凄腕《すごうで》の岡っ引きだった。

抱え主の同心に手札を返上して弟分に後を継がせ、今は居酒屋の亭主として料理にも腕を振るっている。

「たまには刺身でも食っていけよ。鰯《いわし》のいいのがあるぜ」

「嫌なこったい。中汲にゃ、こいつが一番合うんでなぁ」

いつもそう言ってはぐらかし、一皿の打ち鮑だけでしこたま呑んでいく誠四郎は、佐吉にとっては厄介な客だった。

だが、お互いに性が合わないわけではなかった。

かつて『滝夜叉の佐吉』と呼ばれ、江戸中の悪党を恐れさせた佐吉は辻番所の留蔵一党の裏稼業を知っている。以前は叩き潰す機会を虎視眈々《こしたんたん》と狙《ねら》っていた佐吉だったが、十手を棄《す》てた今は敵視する理由もない。留蔵と関わりを持つようになった誠四郎のことも邪険にはせず、こういったやり取りを楽しんでいる節もあった。

そんな二人をよそに、真一郎は打ち沈んでいた。

誠四郎は無言で手を伸ばし、杯を握らせる。

すかさず佐吉は酒器を取った。

「酒ってやつは溺れちゃいけねぇが、気を紛らわせるにはいいもんですぜ」

「………」

注がれた酒をそのままに真一郎は黙り込んでいた。

「いつまでうじうじしているんだい」

懊悩する友を、誠四郎は一喝せずにはいられない。

「好きならよぉ、奪い取ってでも夫婦になれ！」

だが、それが朋友には難事であることに誠四郎は気付いていない。

真一郎も佳世も、家名に傷を付けぬために沈黙しているしかないことを、無頼を気取りながらも世間知らずの若者は察することができずにいたのであった。

二十五

岡部家と朽木家の見合いは、滞《とどこお》りなく済まされた。

「どうじゃ?」

「悪うございませぬな」

朽木一家を送り出した後、勘右衛門と好太郎は意味深に微笑み合う。

「あれほどの器量良しに育っておったとは思いませなんだ。必ずや役に立ってくれましょうぞ、父上」

「そう願いたいの……」

一体、何を考えているのだろうか。

今日だけのために雇い入れた女中たちは父子のやり取りを意に介することもなく、席を片付けている。

勘右衛門の傍らに座した豊世だけが、無言で二人の会話に耳を傾けていた。

しかし、好太郎は気にしてもいない。

「仕込み次第では、幾らでも男心を狂わせましょうぞ。はははは……」

そんな下卑《げび》たことを、母親のすぐ近くで口にして憚ろうともしなかった。そもそも豊世に一片の敬意も抱いてはいないのである。

命を落とすやもしれぬ出産を経て自分を現世へ送り出し、自らの乳《ちち》を以《もっ》て育ててくれた豊世のことを、女中も同然としか見なしてはいないのだった。

二十六

着々と縁談が進む中、本多の屋敷で誠四郎は思いがけない話を聞いた。

「真実《ほんと》かい？」

「このあたりの中間部屋には、すっかり噂が広がっております。知らぬは花嫁御寮と親御様のみ……ってところでございましょう。岡部様はつくづく因業《いんごう》な御方だと、もっぱらの評判ですよ」

治作は溜め息を吐いた。

彼が聞き込んできたのは、それほどの大事だったのだ。

岡部勘右衛門は出世を切望している。

そこで目を付けたのが、直参の諸家でも屈指の美貌の持ち主である佳世だった。

跡継ぎの好太郎のためではない。

嫁に迎えた上で早々に大奥へ差し出し、無類の女好きである御上《おかみ》（将軍）のお手つきにさせるべく段取ろうと、目論《もくろ》んでいるらしいのだ。

こういった噂は、下へ下へと流れるものである。

勘右衛門と同格の旗本たちは口をつぐんでいても、それぞれの屋敷の奉公人にまで箝口《かんこう》令《れい》を徹底させることなど出来はしない。

「ふざけやがって……！」

誠四郎は、ぎりっと奥歯を嚙み締める。

あれから憔悴《しょうすい》しきっている真一郎の耳には、とても入れられぬ話であった。

二十七

その頃、岡部勘右衛門は下城してきたところだった。

「良き知らせじゃ、好太郎！」

「何事ですか？」

裃《かみしも》姿のまま私室に駆け入ってきた父を、好太郎は怪訝そうに迎える。

「上様はな、芝小町と評判の娘ならば悪くはないとの仰せじゃ。大奥入りした暁には必ずや夜伽《よとぎ》を命じようぞとのお言葉を、頂戴して参ったぞ」

「それは重 畳《ちょうじょう》」

暇潰《ひまつぶ》しにめくっていた絵草紙《えぞうし》を放り出し、好太郎は莞爾《かんじ》と微笑んだ。

もとより、佳世に対しては一片の愛情も抱いてはいなかった。父が、ひいては跡継ぎの自分が出世するための人身御供としか見なしてはいないのだ。

「しかしのう、好太郎」

朗報をもたらしながらも、勘右衛門は一抹の不安を抱いているようだった。

「見たところ、佳世は生娘《きむすめ》であろう」

「さもありましょう。前に付き合《お》うておったという噂の神谷は、手も握らぬような初心《うぶ》な男ですからな」

平然と言ってのける息子に、勘右衛門は続けて問う。

「たとえ大奥へ入れても、色好みの上様の夜伽が首尾よう務まるかの？」

「易《やす》きことです」

危惧《きぐ》する父に対し、好太郎は涼しい顔で答えていた。

「婚礼を挙げてすぐに大奥へ差し出せば、さすがに外聞も悪うございましょう。しばしの時を置く間に、拙者が閨《ねや》の手練手管《てれんてくだ》を仕込んでやりましょうぞ……」

岡部好太郎、どこまでも外道な男であった。

と、そのとき。

廊下から争う物音が聞こえてきた。

「わっ⁉」

「ぐえっ」

雇いの若党と中間が、続けざまに殴り倒されたらしい。すっかり諦めた様子の佳世の見張りを解いた代わりに、神谷真一郎が万が一にも乗り込んできたときに備えて屋敷の警固《けいご》をさせていた二人だった。

行く手を阻んだ屈強の男たちを薙ぎ倒し、現れたのは誠四郎だった。

「これはこれは本多の若様、お久しゅうございますな」

慌てることなく、勘右衛門は前に出る。

「このところ市中で暴れん坊の評判を取っておられるそうですが、これは何故《なにゆえ》のご無体でありますかな？」

「知れたことよ」

きっと誠四郎は睨み返す。

「お前ら父子の腐った性根にゃ、ほとほと呆れ返《けえ》ったぜ」

「何と……」

さすがに勘右衛門も気色《けしき》ばむ。

そこに好太郎が出てきた。

「されば、放っておいていただきましょうか」

見れば、鞘ぐるみの刀を左手に提げている。誠四郎がこれ以上暴れれば、刀に掛けても追い出そうという意志を示したのだ。

「本多様が嫁に迎えたいならばともかく、軽輩の神谷へ呉《く》れてやる理由はありません」

「む……」

誠四郎は押し黙った。

この場で命のやり取りまで始めてしまえば、事は大事に発展する。

岡部父子は表向き、軽輩の御家人の娘を嫁に迎えようとしているだけなのだ。誠四郎が好太郎に勝とうと負けようと、理不尽に乗り込んできた咎《とが》は本多の家にまで及んでしまうことだろう。

そうなってしまえば、弟の忠一にも累が及ぶ。

ここは大人しく引き下がるより他になかった。

二十八

「本多の放蕩息子め、如何なる存念であろうな？」

役立たずの若党と中間を放り出した後、勘右衛門は苛立たしげに言った。

「幼なじみに肩入れしたいのでありましょうよ」

好太郎は苦笑した。

「あるいは、神谷めに頼まれたのやもしれませぬ」

「何っ、千石取りの分際で差し出がましい真似をしおってからに！」

いきり立つ父を、好太郎はそっと諫《いさ》める。

「されば父上、釘を刺しておきますか？」

「何とするのだ」

「神谷めは本多の馬鹿と違《ちご》うて、恥を知る者にございますれば……」

意味深な微笑みを残した好太郎は、刀を提げて出て行った。

二十九

小半刻後。

「盗っ人め、そこへ直れい」

道場帰りの真一郎を待ち伏せた好太郎は、ずいと前に立つ。

人通りも多い増上寺《ぞうじょうじ》前の、公衆の面前で辱めようとしているのだ。

「格下の分際でわが家の縁談に不満を抱くとは以《もっ》ての外《ほか》ぞ！」

告げるが早いか、襲いかかる。殴り倒す動きは機敏だった。

「神谷さんっ」

「おのれ‼」

連れ立っていた瀬名道場の門弟たちが、先を争って加勢に割って入る。

しかし、最初から好太郎の敵ではなかった。

往来での乱闘騒ぎに、たちまち野次馬が集まってきた。

その中に一人、誠四郎の存じ寄りの者がいた。

「あ……！」

思わず声を上げた娘の名は咲《さき》、十九歳。

黒髪を頭の後ろで束ね、木綿地の単衣に袴を着けた男装である。地黒の肌に凛《りん》とした瞳も映える、野性味をまとった容姿の持ち主だった。

小石川《こいしかわ》界隈で『鬼小町《おにこまち》』の異名を取る咲は誠四郎が出入りする柔術道場の娘で、子どもの時分からの稽古仲間でもあった。

道場を営む父は無禄の浪人だが、芝界隈の直参の子たちとも慣れ親しんだ仲である。

その当時から優しい性分だった神谷真一郎が抗おうともせずに殴られ続けており、嵩にかかって鉄拳を振るっているのが少年の頃から酷薄な性格だった岡部好太郎であることも即座に気付いていた。

思わず前に出ようとしたが、それは叶わなかった。

対手は旗本の子息なのだ。子ども時代ならばいざ知らず、浪人の娘である自分が拘りを持てば無事では済まない。今は一時も早く、誠四郎に事を知らせるべきだった。

三十

咲の知らせを受けた誠四郎が駆け付けたとき、好太郎は疾《と》うに去った後だった。

真一郎は路上に這いつくばったまま、動けなくなっている。

他の門弟も同様である。義憤に駆られて争いに割って入ったのを好太郎は情け容赦なく痛め付け、若い門弟の一人は腕を折られてしまってさえいた。

「どなたか、さらしを持ってきてくだされ！」

手当てに急ぐ咲を横目に、誠四郎は朋友の前に立つ。

朦朧《もうろう》としている真一郎の頬には、吐きかけられた唾《つば》が生乾きになっていた。

「野郎……！」

そっと伸ばして拭った指を、誠四郎はぶんと振るう。

誠四郎の横顔を西日が照らしている。

無頼の若者の怒りは、今や頂点に達しようとしていた。

そして、岡部父子に憤りを覚えていたのは誠四郎と咲の二人だけではなかった。

三十一

夕陽差す辻番所の中では、留蔵と伊織が語り合っていた。

「宝亀屋が始末を頼んで参ったとは真実《ほんとう》か、おやっさん?」

「さすがは口入屋だ。どこで聞き込んだのかは明かしてくれやせんでしたが、あっしらの裏稼業のことを承知の上で、こいつを置いていきなすったんですよ」

つぶやく留蔵の手のひらに、切り餅が載っている。

一分金百枚で二十五両。破格の大金だった。

身許《みもと》が露見するのを防ぐためなのか、包み紙に宝亀屋の刻印は押されていない。

しかしこれは間違いなく、一人の父親が傷物にされた愛娘の復讐を望んで置いていった恨みの金なのだ。

「腹を括《くく》るしかねぇようですぜ、伊織さん」

留蔵の表情は真剣そのものだった。

「このまま放っておいたんじゃ、泣かされる者が増えるばかりでさ」

「……………」

「嫌な重みでござんすねぇ」

大仰に顔をしかめて見せながら、留蔵は切り餅を床に置く。

と、そのとき。

辻番所の式台を、ずんと大きな足が踏んだ。

「誠の字かえ？」

無言で上がり込んできた誠四郎は、二人の間に腰を下ろす。

留蔵の前に置かれた切り餅と、傍らの漉き返しに盛られた銭が何を意味するのか、この若者は承知していた。

「片を付けさせてくれ。岡部の父子は、俺が殺《や》るぜ」

「手伝いたいと申すのか、おぬし？」

「違うな」

伊織の問いかけに、誠四郎はふてぶてしく告げる。

「俺一人でよ、始末をさせてもらいてぇんだ」

「何ぃ⁉」

留蔵は思わず目を剝《む》いた。

「誠四郎……」

伊織は、じっと若者を見返す。

「おぬしに、それができるのか？」

弥十郎に遠く及ばぬ若造に、一体何ができるのか。そう問うているのだ。

しかし、当の誠四郎はすでに決意を固めていた。

「金を寄越しな」

「何……」

「そいつがお前さん方の流儀なんだろう。ええ？」

答えを聞くより先に、切り餅を割る。

畳の上に散らばった板金をざっと一摑《つか》みにすると、誠四郎は腰を上げた。

「伊織さんよ」

背中を向けながら、一言告げる。

「何か」

「助っ人は要らねぇ。いつもみてぇに、様子を見になんざ来ないでくれよ」

それだけ言い置くと、無頼の若者は辻番所を出て行くのだった。

三十二

根津の街が宵闇に包まれた頃、長屋を後にした誠四郎は芝へと向かった。もとより、寸《すん》鉄《てつ》も帯びてはいない。

裏門坂を上って本郷の通りに出ると、前から何者かが歩いてくる。

「咲……」

「お供をさせていただきましょう、誠四郎様」

そう告げてきた咲は柿色の単衣に男物の角帯を締め、帯と同じく黒地の手甲《てっこう》と脚半《きゃはん》を着けていた。足拵えは草鞋《わらじ》履きである。

「こたびもまた、手伝わせてくださいまし」

「構わねぇのかい、咲」

迷いながらも、誠四郎は問うた。

辻番所一党の裏稼業を買って出たのは、これが初めてではない。咲は以前にも一度、誠四郎の助太刀をしてくれたことがあるのだ。

「女の敵は許せません」

答える口調は力強いものだった。

「二度あることは三度あるかもしれねぇよ。いいのかい？」

「誠四郎様がお覚悟を決められてのことならば……」

「有難うよ」

女武道の決意を耳にするや、誠四郎はふっと微笑む。

かくして咲を伴い、誠四郎は岡部父子の仕置きに乗り出したのだった。

三十三

芝・岡部屋敷——。

「もはや神谷の小倅《こせがれ》め、ぐぅの音も出ぬであろうな」

好太郎の報告を聞きながら、勘右衛門は上機嫌で寝酒の杯を重ねていた。

酒も肴も上物である。吝嗇家の彼にしては珍しいことだった。

「向後は人並みの贅沢もできようぞ。ははははは……」

佳世を大奥に送り込み、根回し通りに将軍のお手つきにさえすれば、多少の費《つい》えなどは容易に取り戻せる。この吝嗇漢はそう算盤《そろばん》を弾いているらしかった。

「そう願いたいものですな……?」

頷く好太郎の双眸が、ふと揺らいだ。

「如何《いかが》したのじゃ、好太郎」

怪訝そうに問う父に答えず、好太郎は無言で刀を取る。何者かが屋敷内に忍び込んだと身振りで示したのだ。

勘右衛門は慌てて酒杯を放り出し、帯前に脇差があるのを確かめる。

今、屋敷内で起きているのは自分たち二人だけのはずだった。

豊世は疾《と》うに別室で床《とこ》を取って休んでいる。

出て行った息子の後に続き、そっと廊下へ踏み出す。

好太郎の足音はもう聞こえない。

長い廊下を速やかに渡り、じきに玄関に着くことだろう。

縁側に人の気配は無い。

「気のせいか……」

安堵した様子で、勘右衛門は踵を返そうとする。

その背後に、何者かが軽やかに舞い降りた。

咲は、単衣と同じ柿色の手拭いで頬被りをしていた。

古来より忍びの者が装束に用いてきた柿色は暗闇に潜み、人目を避けて行動するには黒装束よりも適している。

着流しの裾をはしょり、張りのある腿にぴったりした白い下穿きを覗かせている。

「た、誰《たれ》じゃっ⁉」

問うた刹那、勘右衛門の五体が飛ぶ。

羽交い締めにされたまま、脳天から真っ逆さまに、庭へ放り出されたのだ。

首の骨が砕ける音がした。

受け身など取れるはずもない。

電光の如き、鮮やかな投げ技であった。

痙攣《けいれん》が止むのを見届けて、咲は闇の中に消えてゆく。

その後ろ姿を、廊下の端に立った豊世が無言で見送っていた。

豊世は騒がなかった。

絶命した良人《おっと》に――いや、連れ合いと呼ぶには値せぬ外道に対して、冷ややかな一瞥《いちべつ》を呉れただけであった。

三十四

玄関に出た好太郎は、足袋《たび》はだしのまま式台に立つ。

その目の前に、すっと影が伸びてきた。

見覚えのある安物の浴衣姿は、本多誠四郎であった。

「これは誠四郎様」

好太郎は微笑みを浮かべて見せた。

「如何されましたか、この時分に？」

左手に提げた佩刀は、鞘ぐるみのままである。

真一郎を散々に痛め付けて釘を刺した以上、もはやこの若者が自分たちに難癖を付けてくる余地はない。そう思っていればこその態度だった。

ところが、誠四郎が告げてきたのは予想だにしない一言であった。

「刀を抜け」

「え」

「わからねぇのかい、お前さん？　尋常《じんじょう》にかかってこいって言ってんだよお」

挑発する表情に、いつもの不敵な笑みは無い。

精悍な顔を引き締め、丸腰のまま一分の隙もなく身構えていた。

「ご冗談を申されますな。お人が悪うございますぞ」

好太郎の口調は変わることなく、低姿勢なままだった。

だが、目までは笑っていない。

油断なく身構えて、誠四郎の動きをじっと窺っている。

大身旗本の子弟に対して、自分から無礼を仕掛けるわけにはいかない。そう思えばこそ憤りを抑えつつ、冷静に応じているのだ。

しかし、当の誠四郎は最初から自重する積もりなどは無かった。

「来ねぇんなら、こっちから行くぜぇ」

ふてぶてしく告げると同時に、だっと床を蹴る。

「む!」

好太郎は、さっと後方へ跳び退《すさ》る。

鯉口を切ったのは、無意識の為せる業であった。

対する誠四郎は不動の姿勢を保っていた。

両の腕を体側に下ろした自然体で、こちらの動きに惑わされずにいる。

本多誠四郎が幼い頃から柳生新陰流の剣を学び、起倒流《きとうりゅう》の柔術まで併せ修めた手練であることは、もとより好太郎も承知していた。

柳生流の体術について詳しくは知らなかったが、熟練した者ならば刀を持つ敵を丸腰で制するのも可能だという。

その誠四郎のほうから挑んできたとなれば、たとえ上格の家の子弟であっても抜刀して応戦するのはやむなきことだと判じたのだ。

しかし、それこそ誠四郎の思う壺だった。

「抜きやがったな」

うそぶきつつ、速やかに体を捌《さば》く。

間合いを取りつつ前へと踏み出す好太郎に後れを取ることなく、ずいっと内懐に入り込んだのだ。

たじろぐ好太郎の耳許で、誠四郎は一声ささやく。

「お前の悪運も、今宵で尽きたと知りやがれい」

「ううっ⁉」

腕を摑まれた刹那、好太郎の手の内が崩れる。

血煙が上がったのは、ほんの一瞬後のことだった。

何時の間に、自分の刀を奪い取ったのか。

そして、なぜ瞬時に刃筋《はすじ》を定めて斬り伏せることができたのか。

理解することもできぬまま、好太郎は崩れ落ちる。

たちまち、式台に血が広がる。

柳生新陰流の奥義《おうぎ》『無刀取り《むとうどり》』――。

開祖・柳生石舟斎宗厳《せきしゅうさいむねよし》が、師の上泉伊勢守信綱の示唆《しさ》を受けて編み出したと伝えられる秘技であった。

「地獄へ逝《い》きやがれ」

それだけ言い置き、誠四郎は背中を向ける。

雪駄の歩みは堂々としたものだった。

この若者はまったく動じていない。

門外不出の秘技を実用に供し、命を奪ったことは承知している。

だが、斃《たお》した対手はまともな人間ではない。

人の道を外れ、弱者を踏みにじって憚《はばか》るところのない外道を誠四郎は誅《ちゅう》したのだ。

臆することは、何も無かった。

三十五

岡部父子は病死として処理された。

縁組を望んできた当の相手が空《むな》しくなった以上は、こちらから断ったところで何の障《さわ》りも有りはしない。

破談の申し入れを謹んで受け入れた豊世は夫と息子の葬儀を済ませた後、四千石の家禄への未練など微塵も示さず、毅然として岡部の屋敷を去ったという。

神谷真一郎と佳世の縁談は晴れて調い、二人は祝言を挙げる運びとなったのだった。


婚礼は費えを抑え、内輪だけで催された。

祝言の謡《うたい》は誠四郎が引き受けた。

この日のためにと、田部伊織に習っていたのである。

「高砂《たかさご》や、この浦船《うらふね》に帆をあげ〜〜て〜」

剣術修行で鍛えた声は無骨ながらも、胸に響くものだった。

婚礼の席に欠かせぬ『高砂』は一対《つい》の松になぞらえて、夫婦円満を謡う内容である。

庭の黒松が風にそよぐ。

(松風、か……)

吟じながら誠四郎は柄《がら》にもなく、しんみりとした心持ちになっていた。

黒松と赤松をそれぞれの屋敷に植えている一組の男女は、苦難の末に祝言を挙げる運びとなった。自分は幼なじみと、相思相愛の女性の幸せを守り抜くことができたのだ。

それは一命を賭《と》する甲斐のあることだったに違いないと、この若者は信じていた。

妹背《いもせ》の山

一

天保四年の十月も半ばに差しかかっていた。

秋はいよいよ深まり、上野の山もまだ紅葉こそしていなかったが、吹く風は心なしか冬の気配を孕《はら》みつつある。日中こそ袷《あわせ》一枚きりで過ごしていてちょうど良いが、陽が暮れたとたんに冷え込んできて半纏《はんてん》が欲しくなる。江戸の人々はそんな季節を迎えていた。

今日も根津に朝が来た。

辻番所裏の長屋では、どの棟の無双（天窓）からも炊飯の煙がたなびき出ている。

「ふぁ……」

欠伸《あくび》まじりに、本多誠四郎は長屋の腰高障子を引き開ける。

口の端に、ちょこんと刻み納豆が貼り付いていた。

このところ誠四郎は自分で飯を炊き、きちんと朝餉《あさげ》を摂ることを心がけている。長屋に備え付けの二つべっついに借り物の羽釜《はがま》を据え付け、毎朝三合の米をとぐ。炊き上がるのを待つ間には味噌汁を拵え、具だくさんにして菜《さい》（おかず）を兼ねるようにすることも怠らなかった。

これまで誠四郎は滋養を考えて食事を摂ることをせず、適当に腹さえ膨らませれば良いと考えがちな質《たち》だった。彼のような独り所帯の若者は、いつの世にも外食ばかりで済ますのが常だが、昨今の物価高はそんな呑気な生き方を許さなくなりつつある。

このところ、江戸では異常な米の高値が続いていた。

物価の基準とされる米が高くなれば魚や野菜、さらには酒の値も上がる。それでも根津界隈では門前町の『あがりや』をはじめ、どこの居酒屋も煮売屋も主人が自ら遠方まで仕入れに出向くなどして頑張っていたが、市中の大方の店では値上げをするか、さもなくば献立の質を落とすかの選択を余儀なくされていた。

例年にない米の凶作に見舞われた諸国では、一揆が相次いでいる。

江戸でも去る九月二十八日（陽暦十一月九日）に打ちこわしが起こり、次いで十月一日（陽暦十一月十二日）には、米一升が百文になったという偽りの風聞《ふうぶん》（噂）をきっかけに大暴動が発生していた。

幸いにも根津では大きな騒ぎには至らなかったが、かつてない打ちこわしの連続を目の当たりにした誠四郎は、このまま呑気に過ごしていてはならないと考え始めた。そこで裏長屋に住み着いて半年目にして暮らしぶりを見直そうと思い立ち、近所のおかみたちに米のとぎ方から教わって自炊を始めたのだ。

いざ始めてみると、炊事とは楽しいものだった。

米はつくづく不思議なものだと誠四郎は思う。水に浸して熱を加え、蒸らすだけで美味《おい》しく口にすることができる。即席とはいかないが、実に便利な食材であった。

白い飯ばかりでは金がかかって仕様がないので、適当に麦を混ぜ込む。

道具屋からは羽釜と共に米櫃《こめびつ》をふたつ借り出し、米と麦とを別々に蓄えている。

戦場《いくさば》では飯を炊く役目の兵自身が米をたくさん食べたいため、こうしておくと麦ばかり最後まで残りがちになるらしいが、善《よ》くも悪くも気まぐれな誠四郎は米が足りなくなればほとんど麦だけでも炊いてしまい、平気でぱくついていた。

こうして自炊暮らしに慣れてくれば、自ずと目を覚ますのも早くなる。

早起きをするようになってからは、長屋にはさまざまな物売りが出入りしていることが分かってきた。

納豆に豆腐、そして蜆《しじみ》と朝餉に重宝する食材をあちらから売りに来てくれる。せっかちな誠四郎は砂を吐かせる手間のかかる貝類には手を出さないが、豆腐か納豆のいずれかを毎朝買い求め、お膳に上《のぼ》せていた。

今朝は藁苞《わらづと》にくるまれた納豆を購い、半分を刻んで味噌汁に仕立てた。残り半分は添え物の辛子をたっぷりと溶いて醤油で伸ばし、買い置きの葱《ねぎ》を刻み込んで平らげた。

朝餉を摂れば、五体は十全に動くものである。

しかし、食べすぎは禁物というものだろう。まして兵法者ならば腹八分目を心得ていて然るべきはずだが誠四郎は自分に甘い質なのか、よほど腹っ減《ぺ》らしなのか、平素は朝から大飯を喰らうのが常だった。

二

「さすがに三合は食い過ぎだな……」

ふくれた腹をさすって苦笑しながら、誠四郎は早朝の路地を通り抜けていく。

最初は夜のために半分残しておくつもりだった炊きたての飯は、すべて胃の腑《ふ》に納めてしまった後である。

ちゃりちゃりと雪駄の尻鉄を鳴らして溝板を踏み、長屋の木戸を潜る。辻番所の前に出ると、ちょうど留蔵が起き出したところだった。

「どうしたんでぇ、誠の字」

目をこすりつつ、留蔵は不思議そうに問うてきた。

「お前、何時《いつ》からそんなに早起きになったんだい？」

「もう先《せん》からだぜ」

誠四郎は、涼しい顔で切り返す。

このところ深酒をしがちな留蔵は、朝が遅い。いつの間にか誠四郎が夜明けと共に起き出すようになっていたことに、今まで気付いていなかったのだ。

「こいつぁ稀有《けぶ》（奇妙）だな。お前、なんぞ悪さでもしてるんじゃねぇのか」

疑わしげに問いかけながら、留蔵は式台に降り立つ。

「臭えな」

熟柿《じゅくし》のような異臭に、誠四郎は思わず顔をしかめた。

諸白《もろはく》（清酒）も中汲《なかぐみ》（濁り酒）も値上がりしているため、留蔵は安い焼酎ばかり呑んでいるらしい。量を加減して口にすれば体にも良いとされる酒だが、こうも臭ってくるのは明らかに呑みすぎだった。

「深酒も程々にしときなよ、爺さん。このまんまじゃ永くねぇぞ」

「おきやがれ」

毒舌を叩いた若者を、留蔵はすかさず一喝する。

「お前こそ、妙な真似をおっ始めやがったらタダじゃ置かねぇ。長屋から放り出してやるから覚悟しやがれい！」

「怒るな怒るな。とさかに血が上っちゃ、それこそ命取りだぜぇ」

さらりと言い返すや、誠四郎は背を向けた。

留蔵には明かさなかったが、早起きが習慣となってきた誠四郎はこのところ、古巣の町道場の朝稽古に日参しているのである。

古巣といっても柳生新陰流ではない。向かう先は、小石川の柔術道場だった。

三

誠四郎が中山道《なかせんどう》を歩いてくる。

「鬢《びん》〜の〜ほつ〜れは、まく〜ら〜のと〜が〜よ……」

明るい陽光の下、端唄《はうた》など口ずさみながら歩を進める横顔は明るい。

五街道のひとつである中山道は、江戸市中では幹線道路の機能を果たしていた。根津に住む人々が本郷・小石川方面へ出るときには、まず権現裏の坂を上る。裏門坂上の本郷追分《おいわけ》を経て中山道に入れば、後は一本道となっていた。

誠四郎と仲良しの三太も毎朝、この道を通って本郷の朝市に出勤しているのだ。

誠四郎の早起きも、さすがに三太には及ばない。

働き者の少年はいつも明け六つ（午前六時）前に起き出して朝餉を済ませ、木戸番小屋の親爺に決まりの刻限より早く戸を開けてもらって出かけている。

そして誠四郎はといえば三太の足音を目覚まし代わりに起床し、ゆっくりと朝餉の支度に取りかかるのが常だった。

今はもう五つ（午前八時）刻《どき》である。朝稽古に参加するには些《いささ》か遅いが、それは誠四郎なりに配慮した上でのことだった。

もとより、一文の束脩《そくしゅう》（入門料）も納めてはいない。

道場主の好意ゆえに出入りを許され、稽古をさせてもらっている立場のくせに朝一番でお邪魔しては申し訳ない。そう判じていたのだ。

剣術であれ柔術であれ、町道場はさほど広くはない。

下谷練塀小路《したやねりべいこうじ》の中西《なかにし》道場のように間口六間（約一〇・八メートル）、奥行き十二間（約二一・六メートル）と破格の規模を誇る大道場も存在したが、市中の武芸指南所の多くは自宅の一室を改装した程度の手狭なものだった。自ずと空間は限られており、なまじ人気のある道場だと押し寄せた門人たちで鮨詰め状態になってしまうこともままあった。

部外者の自分が大きな顔で稽古などしていれば、きちんと束脩と月謝を払って来ている門下生の邪魔になってしまう。

ために誠四郎は時をずらし、宮仕えの門人たちが朝稽古を済ませて出仕するのと交替で道場入りすることを心がけていたのだ。

町道場の稽古は早朝から午《ひる》まで行われるが、半日じゅう居残っていられる者はほとんどいない。とりわけ主持《しゅうもち》の侍は出仕前の一刻（約二時間）ばかりしか居られないため、五つ刻を過ぎれば自ずと道場は空くのである。

そう承知している誠四郎は早く着きすぎないように時間を調整し、ゆっくり四半刻《しはんとき》（約三十分）程かけて小石川まで通っていたのだ。

陽光が燦々《さんさん》と降り注いでいる。

本郷四丁目あたりまでは武家屋敷ばかりだが、歯磨き粉の乳香散《にゅうこうさん》で大当たりした小間物の人気店『かねやす』の前を過ぎると、沿道には商家が目立ってくる。

先日の打ちこわしの名残なのか、暴徒に破られた雨戸に板を打ち付けて凌《しの》いでいる店も少なくない。

小石川は根津から程近い、本来は閑静な地だ。江戸開府当初は郊外の一農村だったのが次第に宅地化が進められ、今や台地上の高台には水戸藩上《かみ》屋敷や伝通院《でんつういん》を始めとする武家屋敷や寺社が集中し、低窪地の中山道沿いに町人地が広がっていた。

そんな小石川の町人地の一隅に、小体ながら評判の柔術道場がある。

「………」

門前に掛けられた看板を見やり、誠四郎はふっと微笑む。

風雪を重ねてきた、古びた看板には『起倒流　由利《ゆり》道場』と記されていた。

この道場で教えている起倒流は、江戸開府から間もない寛永十四年（一六三七）に茨《いばら》木又左衛門専斎《きまたざえもんせんさい》が創始した柔術流派だ。

開祖の又左衛門は柳生新陰流の剣を学んだ後、柳生一門に縁の深い禅僧・沢庵宗彭《たくあんそうほう》より心法《しんぽう》を授けられて開眼。起倒流は柔術界の一大流派となるに至った。

そして、この道場を構える父娘《おやこ》も柔術と合わせて柳生の剣を修行した者たちだった。

道場主の名は由利蔵人《くらんど》、四十八歳。

柳生道場で共に汗を流した誠四郎をわが子同様に可愛がり、一人娘の咲《さき》の婿にと望んでいる人物であった。

四

由利道場の玄関は塵《ちり》ひとつなく掃き清められ、両脇に置かれた素焼きの丸皿には粗塩《あらじお》が盛られていた。

商家に欠かせぬ習慣の盛り塩には邪気を吸って場を浄めるだけでなく、千客万来《せんきゃくばんらい》という意味も込められている。武術指南も商売となれば、こうして塩を盛っていても不自然ではあるまい。

無人の玄関で誠四郎は一礼し、脱いだ雪駄をきちんと揃えて置く。

ふだんの不作法ぶりとは打って変わった態度である。

稽古の場を尊び、人目が無くとも折り目正しく振る舞う習慣を、久方ぶりの道場通いで改めて身に付けていたのだった。

由利父娘の住まいを兼ねた道場は、奥に稽古場が設けられていた。

その間取りは十二畳。良質の稲藁を使用した畳には縁《へり》がなく、麻糸で縫われている。

歳月を重ねて古びてはいても受け身を取るときの衝撃を吸収し、容易に磨り減らぬだけの十分な耐久性を備えていた。

道場主の蔵人は上座《かみざ》に腰を据え、稽古に励む一同を監督している。

ぎょろりとした目は五十歳近い今も衰えを知らず、わずかな動きも見逃さない。

巌《いわお》を鏨《たがね》で打ち欠いたような厳《いか》めしい造作の持ち主だが、ちょこんと生《は》やした八の字髭《ひげ》が何ともほほえましく見えた。

十名ばかり居残った門弟のうち半分は各々に稽古をし、後の半分は師範代の咲から指導を受けていた。

「鋭！」

折しも、咲は大柄な門弟を投げ飛ばしたところだった。

頭の後ろで束ねた黒髪が、ふわっと舞う。

仰向けに思い切り体を反らせ、見事な弧を描いての一投げであった。

腹筋と背筋、そして足腰がよほど鍛えられていなくては、こうは行くまい。

起倒流・表の形《かた》の一手「夢中《むちゅう》」だ。

当流派は合戦場での組討《くみうち》を想定した表十四本、裏七本の形が中心となっている。

修行者は計二十一本の形稽古を通じ、素手での攻防を修得する。

その上で、次の段階として「中」と称する当身《あてみ》（打撃技）や早縄《はやなわ》（捕縛術）、さらには柔術に刀を併用した居合《いあい》術を学ぶのだ。

むろん道場主の由利父娘はすべてを会得しているが、門弟たちには先を急がせず、基本であると同時に起倒流の要《かなめ》である二十一本の形稽古を日々、徹底して繰り返させることに重きを置いていた。

武芸の免許が金次第で得られた太平の世に在って、これは稀有《けう》な姿勢と言えよう。入門してくれた者を何処に出しても恥ずかしくない術者として育て上げるために、労を惜しまず指南する。それが道場主たる者の使命と由利父娘は心得ていたのだ。

指導者が真摯《しんし》であればこそ、当然ながら稽古はきつい。

昨今の肩書きばかり欲しがるような手合いではとても長続きするまいが、真に技を学び修めたいと願う者にとっては、実に望ましい環境であった。

「ま、参りましたっ」

御家人の子弟と思しき大男は身を起こすや、さっと咲に平伏する。

受け身がしっかり取れていたので、脳震盪《のうしんとう》など起こしてはいなかった。

咲もそう承知していればこそ、手加減なしに投げたのだ。

「次っ」

凜々しく呼ばわる咲は、木綿地の稽古着をまとっていた。

刺子の上衣と下穿《ば》きは、彼女が手ずから縫い上げたものだった。生地こそ古びていても綻《ほころ》びひとつなく、日々の稽古で傷みがちな袖口と襟元も丁寧に繕われていた。

母を早くに亡くした咲は、家事万端を一手に引き受けている。

女だてらに父譲りの才を備えた柔術の猛者《もさ》であり、鬼小町の異名を取ってはいても炊事から掃除、洗濯に至るまでを稽古の合間にこなしているのだ。

蔵人の道着はむろんのこと、普段着もすべて咲の手製である。斯《か》くも出来た娘を持っていればこそ、蔵人も安心して道場の経営に注力していられるのだろう。

疾うに五つ（午前八時）を過ぎている。

勤めの有る者や学問所に通う者は一足早く稽古を終いにし、蔵人と咲に挨拶を済ませて道場を後にしていた。

居残りで頑張っているのは暇を持て余す御家人の二、三男がほとんどである。

由利道場には町人の門弟も多いが、奉公人であれ自ら商いを営む者であれ、早朝に足を運んできて半刻（約一時間）ばかり集中したら速やかに辞去し、一日の仕事を始めなくてはならない。しかし、わずか半刻であっても毎日通ってくれれば必ず実になると由利父娘は彼らに教え諭《さと》しており、どの者も真面目に実行してくれていた。

そして本多誠四郎は、早上がりの面々が帰った頃を見計らって顔を出すのが常だった。

五

「お早うございます」

稽古場の入口に立った誠四郎は、道着に装いを改めていた。

玄関脇の控えの間で着替えたのである。

長身にまとっているのは、咲から贈られた一着だ。

誠四郎のために縫い上げた道着を、いつも控えの間に洗い立ての状態で支度しておいてくれるのである。

元来、誠四郎がずぼらな質であるのを彼女は承知している。

こまめに持ち帰って洗濯などするはずがないと承知していればこそ、ぶらりと身ひとつで通ってくれれば良いように取り計らったのだ。しかも咲は替えの道着まで用意し、誠四郎にはいつでも洗い立てのものを着てもらおうと心がけていた。

幼なじみを想う気持ちは、どうやら通じたらしい。

芝の本多屋敷から足が遠退いて久しい誠四郎だが、ここ小石川の由利道場にはもう半月近くも日参していた。

（誠四郎様！）

その姿を認めるや、ぱっと咲の表情が明るくなる。

今日も休むことなく、稽古に足を運んで来てくれた。それだけのことが、彼女にとっては何よりも嬉しく思えていた。

神棚に向かって一礼した誠四郎は彼女には目も呉れず、上座へと歩み寄っていく。

神前の礼に続き、道場主の蔵人へ挨拶を済ませた上でなくては、たとえ幼なじみ同士といえども親しく言葉を交わすわけにはいかない。ここは神聖な道場なのである。

「よろしくお願いいたします」

「どうぞ、稽古をお始めなされ」

慇懃《いんぎん》な座礼に応じつつ、蔵人のいかつい顔がふっと綻ぶ。

無頼気取りの若者が、自分たち父娘の前に来ると折り目正しく振る舞ってくれる。わが子とも思えている誠四郎のそんな態度が、蔵人にとっては喜ばしくてならなかった。

挨拶を終えた誠四郎は道場の下座《しもざ》に廻り、まずは受け身の稽古から始めた。

前に後ろに跳び上がり、くるりと宙で回転しては軽やかに降り立つ。

直立しての着地を何度か繰り返した後は、さっと背中を反らせて両手を突き、全身を橋のような形にしたりもする。

一度として、畳を叩くことはしなかった。

戦国乱世の合戦場での組討を想定した柔術は、かつては屋外で稽古を行うのが当たり前だったという。野天で投げ飛ばされたとき固い地面に自ら転がったり、地べたを手のひらで打ってしまっては衝撃を緩和するつもりが逆に自傷してしまいかねない。ために誠四郎は安全性を重んじた畳敷きの道場で稽古をさせてもらうときにも、屋外戦で用いることのできる受け身の形のみを修練するのが常だった。

膝のばねを十分に利かせ、危なげなく降り立ってはまた跳び上がる。

黙々と独り稽古に励む誠四郎をよそに、咲も門弟たちへの指導に余念がない。

稽古中は私語はおろか、視線を交わすこともない。

目の前の課題に、それぞれ真摯に取り組むばかりであった。

六

そんな若い二人をよそに、大柄な中年男が稽古場の中央で乱取り《らんど》りをしていた。

目も鼻も大振りの、派手な造作の持ち主である。

身の丈は、優に六尺（約一八〇センチメートル）には達しているだろう。誠四郎をも上回る巨漢だった。

「むん！」

気合い一閃《いっせん》、挑んできた門弟を投げ飛ばす。

咲にも増して鮮やかな、かつ力強い所作である。

若い頃から修行を重ね、齢《よわい》を経た今も日々の研鑽《けんさん》を怠っていないことを窺わせる、切れの良い動きであった。

「ぐ……」

背中から叩き付けられた門弟は、たちまち悶絶する。

見舞われたのは、受け身を取り難いほどの苛烈な一投げであった。

「だらしないぞ。もそっと精進せえ」

気を失った門弟に、男は憮然と一言告げる。

加納彦馬《かのうひこま》、四十歳。

摂津三田《せっつさんだ》藩三万六千石の上屋敷に仕える江戸雇い、つまり現地採用の用人《ようにん》を務める彼は柔術界ではその名を知られた達人だった。

開祖の茨木又左衛門専斎と二人で柔術の修行と研究に取り組み、起倒流の礎《いしずえ》を築いたと伝えられる福野七郎右衛門正勝《ふくのしちろうえもんまさかつ》という人物がいる。

正勝の門下からは複数の分派が生じており、三田藩には起倒流九鬼《くき》派の名称で代々伝承されていた。

彦馬の亡き父・数馬《かずま》も起倒流の遣い手であり、藩主の九鬼氏が出入りしていた本所横網《ほんじよよこあみ》の名門道場の高弟だったことから三田藩と縁付いて用人に登用され、その職を息子に引き継いだのである。

むろん、柔術しか能がなくては用人など務まるものではない。

彦馬は英邁な父に幼い頃から文武を厳しく鍛えられており、算用《さんよう》（経理）にも古《いにしえ》からの有職故実《ゆうそくこじつ》にも通暁している。豊富な知識を余さず生かし、藩邸の庶務一切を司る用人職を亡父に代わって能《よ》く全うしていたため、家中での信頼も厚かった。

なればこそ自身の稽古のために朝早くから外出し、こうして午近くまで道場に居残っていても大目に見てもらえるのだ。

主家を支える奉公のひとつとして柔術修行に励みたいと主張されれば、藩邸のお偉方もうるさくは言えない。何しろ、藩主の一族が自ら起倒流を伝承する家風なのである。

加納父子は江戸雇いの身でありながら、藩主への目通《めどお》りも許されていた。現藩主の九鬼隆国《たかくに》からも彦馬は高い評価を受けており、願わくは摂津の国許に居着いて起倒流の指導に専念して欲しいとまで所望されていた。

さすがにそれでは家中に示しが付かぬとお偉方に反対され、隆国からの御用命に対しては丁重に遠慮した彦馬だったが、いずれ折あらば殿のご期待に沿えるよう柔術修行に時を費やすのは殊勝であると見なされ、特別に外出の許しを得ていた。

それを良いことに、こうして日参しているのだ。

しかし彦馬が古巣の名門道場に敢えて足を運ばず、出稽古《でげいこ》先に由利道場を選んだのには別の、余人には想像も付かぬ理由が隠されていた。

七

「……………」

ごつい拳《こぶし》で額の汗を拭いつつ、彦馬は横目で上座を見やる。

細めた双眸は、咲の後ろ姿へと向けられていた。

白い道着が汗で濡れている。

刺子のため素肌まで透けはしないが、湿りを帯びた木綿の生地は、肉置《ししお》きの良い四肢に張り付いていた。

幼い頃から稽古を積んできた咲の体は鍛えられており、腰も腿《もも》も太めだった。

同じ世代の町娘とは、明らかに違って見える。

しかし、肥満している印象はまるで無かった。

柔術家の筋肉は、ただ太いばかりでは用を為さない。

あくまで絞り込まれた、常に機敏に動くことのできる肉体が必要とされたのである。

受け身ひとつにしても自ら畳に転がるのではなく、誠四郎が稽古で見せているように足から先に、もしくは全身で橋のような形を取って降り立つのが基本だった。

となれば着地の衝撃に備え、余分な皮下脂肪を蓄えておくには及ばない。

咲の体付きは柔術家として、まさに理想のものだった。

何食わぬ顔を装った彦馬の視線は、その肢体に吸い寄せられていた。

周囲の門弟は誰一人、不審な素振りに気付いていない。

盗み見られている咲も同様である。

誠四郎が受け身の稽古を終えるのを待って、何やら声をかけている。

私語ではない。立ち合い稽古を所望して、呼びかけたのだ。

応じて誠四郎は微笑み返し、道場の上座へ廻る。

彦馬は咲から一瞬だけ視線を外し、道着の懐から折り畳んだ手拭いを取り出す。

その横を誠四郎が通り過ぎてゆく。

稽古場での礼儀として、軽く頭を下げていくのを忘れない。彦馬の素振りを咎《とが》めるような態度など、微塵も示したりはしなかった。

咲と誠四郎が対峙《たいじ》した。

相互の礼を交わすや一気に詰め寄り、体勢を崩そうと仕掛け合い始める。

伸びやかな咲の脚が、目まぐるしく動く。

爪の手入れも行き届いた足指は猫の如く丸められ、畳を摑《つか》むように踏み締めていた。

男も女もない。

鍛えられた二人の術者が、そこに居た。

道場の一同は息を呑んで見守っている。

鬼小町の体捌《たいさば》きは、父の蔵人も身を乗り出さずにはいられぬほど見事なものだった。

攻めかかられるのに負けじと誠四郎は踏ん張り、肩を摑もうとする。

刹那、さっと咲の右手が伸びた。

左腕を取られたときにはもう、誠四郎は帯の後ろも摑まれていた。

咲は前へ向かって崩そうとする。

踏ん張る足と腰は力強い。

倒されまいとして、誠四郎は思わず背を反らせる。

その瞬間、咲は自ら後方へ向かって跳ぶ。

ばぁんと畳が鳴った。

先程と同じ『夢中』を以て、咲は誠四郎を投げたのだ。体勢を立て直そうとする対手の力を逆に利用した、鮮やかな一手であった。

上体を大きく反らせた弾みで道着の前が開き、張りのある胸元が露《あら》わになっている。

さらしを分厚く巻いていても目立つほど豊かな、形の良い双丘《そうきゅう》だった。

こういったときには自ら気付くまで、さりげなく目を逸《そ》らしておくのが居合わせた者としての礼儀なのだが、彦馬は違っていた。

拡げた手ぬぐいで顔を拭いているように装いつつ、嘗《な》めるように盗み見ていた。

誠四郎が起き上がった。

照れ笑いを浮かべつつ歩み寄り、襟元をそっと直してやる。

対する咲も、面映《おもは》ゆそうに微笑んでいた。

誠四郎との攻防で乱れた道着の裾から、臍《へそ》が覗けて見える。

気付いた咲が直したときにはもう、白く引き締まった腹部の様は、加納彦馬の目蓋《まぶた》の裏にしかと焼き付けられていた。

手ぬぐいの下で、彦馬の大きな口元が不気味に歪む。

誠四郎の存在など、気に掛けてもいない。いや、この道場に居合わせる他の者すべてを意に介していなかったと言うべきだろう。

咲のことしか、見えていないのだ。

朝からずっと、彦馬は同じ真似を執拗に繰り返していた。

夜明け前に起床してはいそいそと由利道場へ馳せ参じ、早朝から午前まで稽古場に立つ咲の一挙一動を飽かず眺めてから、藩邸へ立ち戻ってお役目に就く。

それが加納彦馬という男の、世に知られざる悪《あ》しき習慣なのであった。

八

昼九つ（午前十二時）の鐘が鳴る頃にはもう、由利道場の面々は稽古を終えていた。

道場には内風呂《うち》も設けられていたが、秋も深まる季節となればわざわざ沸かしてもらうには及ばない。

「有難うございました！」

着替えを済ませた門弟たちは、帯で縛った道着を肩に退出していく。

誠四郎はまだ稽古場に居残り、畳を掃いている頃合いだった。

不精者の彼が率先して掃除役を買って出ているのには、理由がある。

道場主の由利蔵人が誠四郎と昵懇《じっこん》の仲なのは、門弟の誰もが承知していた。

のみならず、鬼小町の異名を取る咲が手製の道着を進呈したばかりか、日々の洗濯までしてやっているというのも知られていた。

となれば、誠四郎が自ずとやっかまれたのも無理はない。由利道場に通ってくる門弟は皆、師範代の咲を憎からず想う者ばかりだったからだ。

最初の頃はもう、露骨なものであった。

ひとたび道場に立てば、大身旗本の息子であろうと関係ない。

誠四郎の強さを知る古参の門弟たちは懸命に止めたが、無鉄砲な若い衆が幾人も誠四郎に挑みかかっては投げ飛ばされたものである。

しかし、そんなことをいつまで繰り返していても埒《らち》が明くまい。自分が通い始めたために要《い》らざる遺恨が生じてしまっては、迷惑がかかるばかりだと誠四郎は判じた。

ために自ら蔵人と咲に申し出て、稽古後の清掃をするようになったのである。

朝が遅い自分は稽古の開始前には何もできない。その代わり、後片付けは自分に任せてほしいと主張したのである。

かくして誠四郎が掃除を始めて以来、稽古場で喧嘩まがいに突っかかって来られるようなことは絶えた。

道場の門弟たちは打ち解けてみれば皆、気持ちの良い者ばかりだったのだ。

咲に好意を抱きつつも、柔術の稽古には真摯に取り組んでいるのである。

今までには咲を口説こうとしたり、いやらしい目で見る者が幾人も居たらしいが、ことごとく排除されたという。師範代に劣情など抱いてはならないと約束し合った皆の結束は強かったし、何よりも下劣な輩が付いていけるほど由利道場の稽古は甘くなかった。

残った面々の中にもはや下種《げす》は居ないし、これからも現れはしないだろう。門弟たちはそう信じていた。

だが、誠四郎を含めた一同は気付いていない。

柔術名人として江戸中に知られており、雨の日も風の日も欠かすことなく熱心に出稽古に通って来ている加納彦馬こそが、極めつきの品性下劣な輩であるという事実に——。

九

由利父娘の住まいは、道場と棟続きの離れに在る。

父娘それぞれの私室の他に、小さいながら座敷も付いている。掃除を終えてきた誠四郎を迎えて昼餉を共にするときは、この座敷に箱膳を並べるのが常だった。

蔵人は長火鉢の前に座し、悠然と茶を啜っている。

咲は台所に立ち、昼餉の支度をしていた。

出汁《だし》を張った鉄鍋に、おひつの冷や飯を掻《か》き入れていく。

湯気の立つ鍋の中では、刻んだ大根と油揚げも程よく煮えてきている。

朝に炊いた飯の残りを、雑炊に仕立て直そうとしているのだ。

咲の装いは、普段着の袷と袴に改められていた。

いずれも木綿製の粗末な品だが綻びひとつ見当たらず、洗濯も行き届いている。

道着は庭の物干しに架けてある。今日は誠四郎との稽古が白熱したからなのか、常にも増して大汗をかいたようだった。

気持ちの良い汗をかいた後は、自ずと腹も減る。

鍋の中身が煮立ってきた。

乾いた布巾《ふきん》で杓子《しゃくし》を拭い、味噌を掬《すく》って漉《こ》し入れる。

このところは諸色が高直《こうじき》のため、由利家では大豆と麴《こうじ》を仕入れてきて自家製の豆味噌を拵えるように心がけていた。

たちまち、台所じゅうに芳香が漂う。

「いい匂い……」

つぶやいた刹那、咲のお腹がぐぅと鳴る。

そこに、誠四郎の声が聞こえてきた。

「ったく、はしたねぇな」

「誠四郎様?」

いつの間に入ってきたのか、土間に立った誠四郎はにやにやしていた。

「腹が減ってきたのは俺も同じじよ。手伝うぜ」

「そんな」

「いいから、お前さんはお椀を出してくんな」

戸惑う咲に素早く言い付け、誠四郎は竈《かまど》の前にしゃがみ込む。

「味噌は煮立っちゃ、うまくねぇからな……」

焚《た》き口から薪《まき》を引っ張り出して、消えぬ程度に火を加減する。これも長屋で自炊暮らしを始めたばかりの頃、近所のおかみたちから習ったことだった。

「誠四郎様は器用なのですね」

思わず、咲は感心した様子で言った。

「私はいつも沸かしてしまって、父に小言を言われておりまする」

「まぁ、何事も慣れって奴さね」

咲が運んできてくれた椀に熱々の雑炊をよそいつつ、誠四郎はうそぶく。

辻番所の留蔵を相手にしているときと変わらぬ小生意気な口調ではあるが、五つ年下の幼なじみに向けられた視線は、柔和そのものであった。

十

二人が和気藹々《わきあいあい》と昼餉の支度をしている頃、加納彦馬は離れに足を運んできていた。

こちらも着替えを済ませた後である。

熨斗目《のしめ》の袷に博多帯、桟留《さんとめ》の袴という高価な身なりだった。

「御免」

「加納殿ですかな?」

訪《おとな》いに応える蔵人の声色は、心なしか険《けん》を帯びていた。

構わずに、彦馬は障子を引き開ける。

やむなく蔵人は長火鉢の縁に茶碗を置き、居住まいを正す。

稽古も終わったというのに、なぜ居残っているのか。そう問いたげな表情だった。

「由利先生」

ずいと彦馬は詰め寄ってきた。

「前々からの願いの儀、お答えを承りとう存ずる」

「……」

蔵人は無言のまま、対する男の顔を見返す。

彦馬の態度は自信に満ちていた。

武芸者の常として両脇を締め、背筋を伸ばして昂然《こうぜん》と顔を上げている。

障子越しに差し込む陽光に、大振りの目も鼻も誇らしげに光り輝いていた。

どうやら脂っ気の多い質でもあるらしいが、道場主である蔵人に対して臆するところが微塵も無ければこそ表情を輝かせ、生き生きと振る舞えるのだろう。

だが、蔵人の反応は冷淡そのものであった。

いかつい口元が、渋柿でも喰らったかのように皺張っている。

この男と向き合っていること自体が不快でならない。そんな素振りを示していた。

「先生……」

さすがにおかしいと気付いたらしく、彦馬は不審そうに問うてきた。

「咲殿を某《それがし》の嫁に迎えたき儀、よもや異を唱えられるお積もりではありませぬな？」

断られるなどとは夢にも思っていないらしい。

無恥きわまる言葉を耳にしたとたん、蔵人は思わず一喝した。

「お黙りなされい！」

愛敬《あいきょう》のある八の字髭が、ぐわっと跳ね上がる。

怒りの余りに、目まで剝いていた。

「よくも恥を知らずに言えたものじゃの。開いた口が塞《ふさ》がらぬわっ」

「何をご立腹されているのですか。解《げ》せぬことです」

彦馬は怪訝そうに問い返す。

なぜ罵倒されているのか、まるで分かっていないらしい。

「儂の口から聞きたいのか、加納殿……」

呆れながらも、蔵人は震える声で続けて言った。

「そも、貴公は当道場へ……何をしに参られて居るのじゃ」

「は？」

「わが娘は見世物ではないのだぞっ。は、恥を知りなされい」

「一向に解せませぬな」

彦馬は空とぼけていた。

「某が咲殿の稽古ぶりを気に懸けるは嫁に迎えし後、共に起倒流を研鑽《けんさん》するにふさわしき業前を持っておられるや否やを、無二念に見定めていればこそにござる。それを一体、何と勘繰っておられるのですか」

「よくも、ぬけぬけと言えたものじゃの……！」

蔵人は完全に激していた。

「老いたりとはいえ、この由利蔵人が目は節穴には非《あら》ず。うぬが下劣なる心の内を見抜き得ぬとでも思うたかっ!!」

一気にまくし立てる怒号を、彦馬は平然と受け止めた。

「話になりませぬなぁ」

頭を振り振り、腰を上げる。

「とまれ、落ち着いてくだされ。お答えは明日、改めて伺いましょう」

それだけ言い置き、後ろ手に指を伸ばす。

刹那、すっと障子が開かれた。

振り向くや、たちまち彦馬の表情が一変した。

「これは咲殿、お疲れ様にござるな」

「お話し中に失礼いたしまする」

箱膳を捧げ持ったまま、咲はにこりともせずに言った。

「これより昼餉を摂らせていただきまする故、お帰り願えませぬか?」

「咲殿」

思わず彦馬は気色ばむ。

つれない態度という以前に、無礼なことと受け取ったのだ。

仮にも自分は、名門道場の出なのである。格から言えば、由利道場など足元にも及びはしないのだ。

にも拘わらず蔵人からは嫁取りの話を一蹴されたばかりか思うさま罵倒され、娘の咲は昼餉への同席を勧めようともしない。

父娘に揃って侮辱されたと、彦馬は判じたのである。

しかし、言い返すことはできなかった。

「早く入りねぇ、咲」

廊下に誠四郎が立っていた。

両手に二つの膳を持ち、露骨に重そうな表情を浮かべている。

「後がつかえているんだぜ。先生に早くお膳を差し上げな」

「すみませぬ、誠四郎様」

背中越しに答える咲の声色は、別人の如く殊勝なものだった。

「……………」

彦馬の顔が怒りの余り、たちまち青黒くなっていく。

その様を、若い二人は冷ややかに見やっている。

障子越しに、蔵人とのやり取りを耳にしていたのだ。

控えめな言い方をされてはいても、彦馬が稽古中にずっと咲を視姦《しかん》していたのを蔵人が見抜き、娘の父親として堪《たま》らずに一喝したのだと二人には察しが付いていた。

こういうとき、女人は恥じたり臆したりしてはならない。下劣な真似をする者の立場や身分など、いちいち斟酌《しんしゃく》してやる必要などは無いのだ。

咲は毅然と顔を上げたまま、下劣漢を無言で見返している。凜とした双眸には軽蔑の色ばかりを滲ませていた。

誠四郎も何も言わない。

皮肉な苦笑を以て、早く帰れという態度を示しているだけだった。

「お引き取り願おうか、加納殿」

落ち着きを取り戻した蔵人が、口を開いた。

「斯様なことで貴公が名に傷が付くは、無益なことぞ。我々も他言は致さぬ故……」

皆まで聞こうともせず、彦馬は踵を返す。

廊下を踏み鳴らして去っていく足音は武芸者らしからぬ、耳障りなものであった。

十一

三田藩の上屋敷は、霞ヶ関《かすみがせき》に在る。

維新後に政《まつりごと》の中心地となった霞ヶ関には、当時から大名屋敷が多く集まっていた。

戻ってきた加納彦馬は憤然と、三田藩邸の門を潜る。

「おのれ……！」

礼をする門番たちに声もかけず、ぎりぎりと歯嚙《はが》みしながら歩を進めていた。

かねてより望んでいた咲との縁談を父親の由利蔵人に一蹴されたばかりか、当の咲からも拒絶の態度を示されたのだ。

己にすべての原因があるのに、この男は愚かにも気付いていない。

ただただ、自尊心を傷付けられたことにのみ烈《はげ》しい憤りを覚えていたのだ。

可愛さ余って憎さ百倍と言うが、彦馬の怒りは常軌を逸していた。

そこに一人の中間が通りかかった。

齢の頃は四十過ぎ。身の丈こそ小柄だが横幅が広く、恰幅《かっぷく》も良い。

頭の鉢が大きく開いた、福々しい造作の持ち主だった。

お仕着せの裾をはしょり、後ろ腰に短めの木刀を差した、中間に定番の装いの上に私物の革羽織を重ねている。

「どうしなすったんですかい、ご用人様」

彦馬の様子に気付くや、声をかけてくる。

権平《ごんぺい》、四十二歳。

この上屋敷に長年奉公している中間頭《がしら》だ。

「権平か……」

我に返った様子で立ち止まり、彦馬は顔なじみの中間頭を見やった。

「また何ぞ、お気に障ることでもありましたんで？」

権平の態度は落ち着いたものだった。

かねてより手を組んでいる同士となれば、接する素振りが親しげなのも当然だろう。

まして権平は彦馬にとって、大事な金蔓《かねづる》でもあったのだ。

三田藩の財政は、決して芳《かんば》しいものではない。

現藩主の九鬼隆国は、寛政《かんせい》十年（一七九八）に隠居した父・隆張《たかはる》の跡を継いでから早々に朝廷の勅使接待《ちょくしせったい》などを仰せつけられ、望まざる出費を幕府に強いられている。その折の借金が未だに完済できていないため、家中の財政は緊縮せざるを得ない状況だった。

給金を満足に払ってもらえぬ奉公人たちこそ、いい迷惑である。

とりわけ薄給の中間は不満を募らせていたため、藩邸のお偉方は彼らが収入を補うために屋敷内の中間部屋で賭場《とば》を開帳するのをやむなく認めた。しかも他の武家屋敷のように寺銭《てらせん》（場所代）を徴収せず、儲けのすべてを中間たちが独占することまで許さざるを得なかった。

爾来《じらい》、三田藩邸の中間たちは束ね役の権平の下、忠義一徹に励んでくれている。

だが裏に回れば、中間部屋は悪事の温床《おんしょう》として活用され放題だった。

大名家の屋敷は治外法権であり、町奉行所も手が出せない。それを良いことに権平はお尋ね者を金ずくで匿《かくま》ったり、禁制品の売人《ばいにん》を密かに出入りさせてまでいた。

かかる家中の恥部に藩邸のお偉方はまったく気付いてはおらず、用人の加納彦馬だけがすべての事実を承知していた。

それでいて諫止《かんし》に及ぶどころか、権平が差し出す多額の口止め料を受け取って涼しい顔をしているのだ。

つくづく、呆れた所業と言うより他にあるまい。

しかも権平は、金だけで懐柔したわけではない。

惚れ込んだ女人への執着ぶりが尋常ではない彦馬の特殊な性癖を知るや、裏でいろいろと手を貸していたのであった。

十二

中間部屋の掃除は行き届いていた。

畳は目の隅々まで掃き清められ、続きの板の間も雑巾がけを怠っていない。ひとたび夜になれば賭場が立って無頼の輩が出入りし、悪事の温床になっているとは傍目《はため》にはとても見えなかった。

彦馬を誘った権平は手ずから茶を淹れ、煙草盆を勧めた。

茶器も煙管も高価な品揃いである。藩邸の乏しい経費だけでは到底賄《まかな》えぬ備品を誂《あつら》えているのも、賭場の客人たちの目を気にしてのことであった。

「成る程ねぇ」

彦馬の愚痴を聞き終えるや、権平は狡猾《こうかつ》に笑った。

「要《よう》はいつもみてぇに、その小娘を辱めることができりゃいいんでござんしょう？」

こういう話を持ちかけられたのは、どうやら初めてではないらしい。

「……」

銀煙管を手にした彦馬は無言だった。

くゆらせている紫煙の向こうに見える顔は、すでに落ち着きを取り戻している。しかし大振りの双眸には変わることなく、凶悪な光を宿していた。

「まぁ、あっしに任せておくんなさい」

請け合った権平は萩焼《はぎやき》の茶碗を取るや、熱い茶をぐいと呷《あお》る。

この男、悪事で荒稼ぎをしているが酒は一滴もたしなまない。出入りの売人に商わせている阿芙蓉《あふよう》（アヘン）も同様だった。彦馬に勧めたのも、ふつうの刻み煙草である。

薩摩《さつま》産の煙草の煙が、広い部屋に漂い流れる。

配下の中間たちは屋敷の御用に出払っている頃だった。

昼日中は真面目に働き、労を惜しまずに汗を流すように権平は心がけさせている。そうしていればこそ、疑いの目も向けられないのだ。

目の前の加納彦馬と同様に、表向きは勤勉そのものを装っているのである。

だが、その内面は、共に外道以外の何者でもなかった。

「今夜にも若い衆を差し向けやすかい。お望みなら亡骸《おろく》にしちまっても構いやせんぜ」

何事もないように権平はうそぶく。

しかし、対する彦馬は存外に冷静であった。

「それは止めておけ」

煙管の雁首《がんくび》を、かちりと煙草盆の灰吹きに打ち下ろす。刀の抜き差しに慣れた兵法者の常として、小指と薬指は自然に締め込まれていた。

「どうしてですかい？」

怪訝そうに権平は問う。

この男が事を躊躇《ためら》うのは、自分が片棒を担ぐようになってから初めてのことである。

解せぬ表情の中間頭に、彦馬は淡々と続けて言った。

「咲めは小石川の鬼小町の異名を取る、柔術の手練ぞ。おぬしの手下が束になって襲ったところで半殺しの目に遭うのが落ちじゃ」

「真実《ほんとう》ですかい？」

権平は驚いた様子で言った。

「加納さんも如何物《いかもの》食いだねぇ。どうしてまた、今度はそんな恐ろしいのに惚れちまったんですか」

「もはや情など有りはせぬ。とことん汚《けが》してやれれば、儂は本望じゃ」

彦馬の目が、ぎらりと剣呑な光を放つ。

落ち着きを取り戻していても、内心の怒りは納まってはいないのだ。

「だったら話は早えや」

それを見て取るや、権平は自信たっぷりに告げるのだった。

「未練がお有りなさるってんなら話は別ですがね、娘っ子ひとりを世間のつまはじき者に仕立て上げるなんざ容易《たやす》いこってさ。力押しにするわけにいかねぇ手合いは、頭《ここ》を使って攻めるのが一番でござんすからねぇ……」

十三

その日のうちに、権平は手配を済ませた。

中間部屋には、さまざまな出自の者が転がり込んでいる。

印刷物の版下《はんした》を作ることができる、彫師《ほりし》くずれの中間も権平は身内に抱えていた。

自ら認《したた》めた一筆を速やかに版木に彫らせ、賭場の仕事が手すきになった子分たちに交替で摺《す》り上げさせる。

夜更けには支度が調い、一団の中間が屋敷を抜け出した。

大名家の紋が入った提灯を通行手形の代わりにぶら提げていけば、どこの町境《まちざかい》の木戸であろうとも往来は勝手である。

小石川一帯とて、例外ではなかった。

十四

翌日——。

「あのお嬢さんがねぇ」

「人は見かけによらねぇとは、よく言ったもんだぜぇ」

由利道場の稽古が終いになる午《ひる》にはもう、恥ずべき噂話は小石川から本郷・根津一帯にまで広まっていた。

誠四郎がその話を聞き込んだ場所は、午下がりの湯屋《ゆうや》だった。

湯に浸《つ》かると血行が良くなるだけでなく、運動で強張った全身の筋を程よくほぐすことができる。洋式の体操が伝来する以前から、人々はそんな入浴の効果を知っていた。

もっとも、誠四郎が風呂好きなのは稽古の疲れを癒すためだけではない。

江戸市中の湯屋は二階付きで、広い座敷が休憩所として男客に開放されている。

座敷には番頭が一人常駐していて将棋盤を貸し出してくれたり、お茶に菓子、鮨などの軽食を売っている。どこの町内でも一風呂浴びた男たちは湯屋の二階に昇り、顔なじみの客同士で対局したり、談笑したりするのを日々の楽しみとしていた。

根津の地に馴染んできた誠四郎も、湯屋の二階で町内の人々と交流するようになって久しい。今日も由利道場にて昼餉を馳走になった後、ぶらりと立ち寄ったところだった。

「ああ、さっぱりしたぜぇ」

ぬるめの湯にじっくり浸かってきた誠四郎は、ご機嫌に階段を昇っていく。

八つ(午後二時)刻《どき》に湯屋を利用する手合いといえば暇を持て余す町家の隠居や、稼ぎのいい女房のおかげで楽をしている連中である。

「人は見かけによらねぇとは、よっく言ったもんだぜぇ。つんと澄ましていなさるお嬢様も一皮剝けば、とんだ淫乱娘だったってえわけよ……」

階上から聞こえてきた胴間《どうま》声は誠四郎も常連の、近所の髪結床《かみゆいどこ》の亭主のものだった。

結い役の女房と分担して髭剃りとお茶汲み役を受け持っているはずなのだが、口喧しい女房の目を盗んで店を抜け出してきたらしい。

(ったく、口さがねぇ親爺だぜ)

思わず誠四郎は苦笑を浮かべる。

いつも世話になっている髪結いの新六《しんろく》は、大の噂話好きだった。

さまざまな人が集まってくる点は、湯屋も髪結床も同じである。とりわけ新六のところのような人気の店は順番待ちの客も多く、亭主は湯茶を供して接待しながら聞き役に回るのが常だった。

そんな稼業柄、新六は市中の噂をいち早く聞き付けては皆に吹聴して廻り、感心させては悦に入《い》っている。大方は他愛のない話ばかりだが、湯屋の二階で披露して笑い合うには格好のねたというものだった。

今日は一体、どんな話をしているのだろうか。

階段を昇りながら耳を澄ませたとたん、誠四郎の表情が凍り付いた。

「……由利様といや、小石川どころか江戸中に聞こえた柔術《やわら》の名人なんだろう？　その娘さんがお弟子をくわえ込んでいるたぁ、眉唾もんだぜ」

話を聞いていた一人が、そんなことを口にしたのだ。

「間違いねぇよ。さ、こいつを見てみねぇ」

新六は自信たっぷりだった。

何やら刷り物を取り出しているらしい、がさがさという音がする。

その音を耳にしたときにはもう、誠四郎は血相を変えて一気に駆け上がっていた。

広い座敷では幾組もの男たちが寛いでいた。

「よぉ、誠さん」

「何だい、そんな怖い顔をしちまって」

顔なじみの男たちが親しげに呼びかけてくるのも意に介さず、新六の姿を探す。

血走った両の瞳に、窓辺で刷り物を眺めながら笑い合っている一団の姿が映じた。

誠四郎は無言で歩み寄っていく。

その気迫に、居合わせた者は一斉に沈黙する。

気付いていないのは新六ばかりであった。

「どうしたんだい、みんな?」

怪訝《けげん》そうな表情になった男の手許から、たちまち刷り物が引ったくられる。

「何しやがる……!?」

団子っ鼻をずいと上げて文句を言いかけたまま、新六は絶句した。

誠四郎が仁王立ちになっている。

奪い取った刷り物を読み終えるまで、精悍な若者は終始無言のままだった。

「………」

沈黙に包まれた湯屋の二階に紙を裂く、乾いた音が流れる。

根も葉もない話を書き立てた一葉《いちよう》を破り捨てていく誠四郎の横顔には、烈しい怒りの色が差していた。

新六を締め上げたところ、怪文書は髪結床の表に貼り出されていたと判明した。

「う、嘘じゃねぇよ誠さん！」

必死で釈明する新六曰《いわ》く、きのう店じまいをしたときには見当たらなかったという。

「ゆんべのうちに誰かが貼っていきやがった。そういうわけかい？」

「お、俺んとこだけじゃないんだぜ」

猪首《いくび》をすくめたまま、新六は真面目な顔で言い募《つの》る。

かつて根津権現で掏摸《すり》を叩きのめして廻っていた、この若者の腕っぷしの強さを界隈で知らぬ者はいなかった。

まして髪結床を営む新六にとって、誠四郎は大事な常連客だった。

嘘などついたところで、何の益も有りはしないのだ。

「あっちこっちで、もう噂になっちまっているってことかよ……」

誠四郎は溜め息を吐いた。

たしかに、これは格好の話の種と言えよう。

まったく根も葉もない噂でも、面白おかしく他人に広める輩は多い。

おしゃべりの新六には釘を刺すことができた誠四郎だが、もはや手遅れだった。

小石川の鬼小町と評判を取る美人柔術家が、道場に出入りする門弟を取っ替え引っ替えして味見し、大いに楽しんでいるらしいという醜聞は、すでに広まった後なのだ。

むろん咲が斯様な真似をするはずもない。それは露骨な嫌がらせだった。

加納彦馬の意を汲んだ権平は配下の中間たちを使役し、根も葉もない醜聞をばら撒《ま》いて咲を辱めるばかりか、由利道場の評判まで落とそうと目論んだのだ。

ふだんは謹厳な人物ほど、ひとたび悪評が立てば信頼が失墜する度合いも大きい。そう承知していればこそ、権平はかかる手段を執ったのであった。

十五

悪しき噂を耳にしても、由利父娘は恥じることなく振る舞った。

咲がそのようにふしだらな真似をするはずがないのは、父親の蔵人が誰よりも承知していることである。

誠四郎も手をこまねいていたわけではなかった。

「お前さんたち、本気で信じているわけじゃあるめぇな?」

「誠さん……」

「咲は俺らの大事《でえじ》な師範代だ。気鬱《きうつ》になんぞ、させちゃならねぇ」

打ち沈む門弟たちを、そう言って励ましたのだ。

かくして立ち上がった門弟一同は、道場の信用を回復させるために奔走し始めた。

とりわけ頑張ってくれたのは、町場暮らしの者だった。

武芸の道場通いをしようという町人は、もともと腕っぷしの強さに自信がある。仲間内から兄貴と立てられている身となれば、自ずと地元での信用も厚い。

「うちの師範代がそんな色狂いならよ、女嫌いの俺が通うはずもねぇだろうが?」

「巴御前《ともえごぜん》に帯を解かせるにゃ、よほどの強者《つわもん》でなきゃ話にならねぇ。あの本多の若様でも埒は明くめぇよ」

言い方はそれぞれ違っていたが、咲が自分たち門弟に手を付けるはずもないという事実を彼らは諸方に広めて歩き、醜聞を打ち消して廻ったのだ。

事実無根の噂が絶えるまで、幾日もかかりはしなかった。

十六

それから数日が過ぎた。

由利父娘は平穏な暮らしを取り戻し、門弟たちも変わることなく通ってきている。

足が途絶えたのは加納彦馬、ただ一人である。

もとより、咲も蔵人も意に介してなどいない。

その点は誠四郎も同様だった。

無下に柔術名人の評判を落とさぬよう、咲に執心していた恥ずべき事実を口外せぬことも心がけていた。

まさか醜聞の出所が彦馬と結託した悪党たちだとは、夢にも思ってはいなかった。


道場の稽古を午に終えた後、咲は家事に忙しく汗を流す。

昼餉の片付けをして誠四郎を送り出せば、掃除と洗濯、買い物が待っている。

表に出ても、もはや好奇の視線を向けられることはない。

心安らかに買い物を済ませて帰宅した咲は、風呂の支度に取りかかった。

薪は、誠四郎が帰り際に山ほど割っていってくれたので不自由しない。

父の蔵人の鼻歌を聴きながら火加減をし、一番風呂を遣わせた後はいよいよ自分が汗を流す番である。

早朝からの稽古で全身は汗ばんでいた。

うら若い女人の身では、門弟たちのように井戸端で諸肌脱《もろはだ》ぎになって体を拭くわけにもいかない。夕餉前の入浴は、日々欠かせないものだった。

湯加減がちょうど良いのは、蔵人の背中を流しに立ったときに確認してある。

焚き口の火を落とした咲は湯殿《ゆどの》に廻り、袴紐を解いた。

続いて袷を肩から滑り落としたとき、ふと何者かの視線を感じた。

「？」

脱衣場が面した裏庭の木戸は、きっちりと戸締まりがしてある。

例の醜聞の一件以来、蔵人も目を光らせてくれている。勘働きの優れた父が気を配っている以上、不審な者が敷地内に入り込むことなどはまず有り得まい。

しかし、確かに見られている。

ねっとりと絡みついて来る、執拗きわまりない視線であった。

肌襦袢の前を押さえたまま、咲は凍り付く。

震える手で袷を拾う。

辛うじて羽織ったときにはもう、慮外者《りょがいもの》の気配は消えていた。

十七

奇妙な出来事は、それからも打ち続いた。

翌日の午後のことだった。

「あら……？」

日が暮れる前に洗濯物を取り込みに立った咲は、不思議そうにつぶやいた。

朝起きてすぐに手洗いし、干しておいたはずの腰巻きがどこにも見当たらない。

今日は秋晴れである。風に飛ばされたとも思えなかった。

まさか門弟たちが盗んでいくはずもあるまい。

もちろん信用してもいるのだが、物干しは彼らが入り込むことのない離れの庭に設けられており、たとえ忍び込んだとしても蔵人が気付くはずであった。

一体、何者の仕業なのか——

思わず庭にしゃがみ込んだまま、咲は両肩を震わせる。

その姿にほくそ笑みつつ、一人の男が去っていく。

裸足になって足音を殺しているのみならず、気配ひとつ感じさせはしない。

加納彦馬の隠形《おんぎょう》は完璧なものだった。

十八

覗きに続いて下着泥棒までも働かれたものの、咲は稽古の場では変わることなく、気丈に振る舞った。

しかし、実のところ気の休まることはなかった。

姿なき慮外者は、あれからも執拗に覗きと下着泥棒を繰り返していた。

下着については、毎回盗み出していくわけではない。

その代わり、乾いた腰巻きや襦袢に手指の跡をべっとりと残していく。誰かが触ったという手証を露骨に示し、咲に動揺を与えようと目論んでいるらしい。

指紋の検出法など、まだ確立されていなかった時代のことである。

また、もしも手がかりになるとしても、訴え出るわけにはいかなかった。

誠四郎たちが奔走してくれたおかげで根も葉もない醜聞こそ打ち消されたものの、人々の脳裏には怪文書のいやらしい文言が刻み込まれているはずだった。

その点は、町同心から手札を預かる連中も例外ではない。

かつて滝夜叉の佐吉という名うての岡っ引きが目を光らせており、今は弟分だった者が治安を預かっている根津の界隈はともかく、小石川辺りの十手持ちは質《たち》が悪い。

たとえ咲が相談を持ちかけたところで取り合ってもらえず、男の恨みを買ったのは自業自得でござんしょう、身から出た錆って奴じゃないんですかい、などと故なき嫌味を言われるのは目に見えていた。

黙って耐えるばかりの咲は、次第に稽古ぶりにも精彩を欠くようになっていった。

受け身を取り損ねたのは、誠四郎と立ち合っている最中だった。

顔面から畳に落ちかけたとたん、ぐっと後ろ腰を摑まれる。

「誠四郎様……」

「大丈夫だぜ」

立ち上がらせてやりながら、誠四郎はそっと背中を撫でてやる。

もとより、いやらしい素振りなど微塵も有りはしない。

居合わせた門弟たちも安堵の表情を浮かべこそすれども、嫉妬《しっと》めいた態度など示したりはしなかった。

募るのは、姿無き處外者への怒りだけである。

誠四郎は今朝、蔵人から一連の不審事について打ち明けられていた。

父親にも言い出せずにいたらしいが、このところ咲が碌《ろく》に入浴もせず、自分の洗濯物を出そうとしないことに蔵人はかねてより気付いていたのだ。しかし、当の咲は周囲に心配をかけまいとし、健気にも隠し通そうというつもりらしい。

となれば、密かに警固をしてやろう。誠四郎は胸の内で決意を固めていた。

咲を斯様な目に遭わせる奴は許せない。心の底から、そう思っていた。

十九

その夜から誠四郎は由利道場に張り込んだが、隠形の術に長《た》けている彦馬は一向に尻尾《しっぽ》を掴ませようとはしなかった。

今度は肌襦袢《はだじゅばん》が盗み出され、誠四郎が駆け付けたときには疾うに去った後だった。

庭で咲が震えている。

處外者はわざと彼女にだけ気付かれるように行動し、己が存在を一瞬臭わせたところで速やかに退散するという真似を繰り返しているのだ。

斯様な真似をされ続けて、心が安まる閑《ひま》があるはずもないだろう。

「大丈夫か、咲っ」

「…………」

執拗な嫌がらせに、咲は次第に耐えられなくなりつつあった。

二十

由利蔵人は、娘の身を案じて憔悴《しょうすい》していた。

相手は十中八九、加納彦馬に違いない。

しかし、何の証拠もなしに訴え出るわけにもいかなかった。

大名家の藩邸は、町奉行所が立ち入れない治外法権の場である。そこに仕える者の罪を暴くのは容易なことではない。

江戸雇いとはいえ用人として優秀な彦馬は藩邸内での信用も厚く、表向きは真面目そのものに振る舞っている。下手に文句を付ければ、一介の浪人である蔵人のほうが無事では済まないのだ。

「…………」

己が無力を嚙み締め、蔵人は溜め息を吐くばかりであった。

二十一

毒づきながら、徹夜明けの誠四郎は朝靄《あさもや》の漂う中山道を根津へ向けて辿っていく。

「糞ったれ！」

朝稽古に出る気力は失せてしまっていた。

寝込んでしまった咲に代わり、今日は蔵人が直々《じきじき》に稽古を付けることになっている。

だが、その蔵人も憔悴し切っているとなれば、道場を続けるのもいずれ難しくなるのは目に見えていた。

（いっそのこと、三田藩に怒鳴り込んでやろうか）

かつての誠四郎ならば怒りの余り、そうしていたかもしれない。

だが冷静になって考えれば、思いとどまらざるを得なかった。

大身旗本である本多家の権威を以てすれば、加納彦馬の処分を大名家に要求することもできなくはない。誠四郎に対しては冷たい父の忠清だが、息子が世話になっている道場のためともなれば体面上、腰を上げざるを得ないことだろう。

しかし、事を表沙汰にしてしまえば、嫁入り前の娘である咲に傷が付いてしまう。

一体、どうすれば良いのか——。

思いあぐねた末に、誠四郎は根津へ戻ってきたのである。

長屋に寄らず、真っ直ぐに向かった先は権現前の辻番所だった。

二十二

「朝っぱらから何なんでぇ、誠の字?」

留蔵は相変わらず、熟柿を思わせる異臭ふんぷんで顔を出した。

「すまねぇな、爺さん」

誠四郎は申し訳なさそうに告げてきた。

式台に昇るときも、裾の埃を払うのを忘れない。かつてない素振りであった。

「何だってんだい、神妙な顔をしやがって」

訳が分からぬながらも、留蔵は若者を誘い入れた。

取り急ぎ火鉢の炭を熾《おこ》し、湯冷ましを沸かし直す。

鉄瓶が熱くなるのを待つ間、ずっと誠四郎は押し黙っていた。口が早ければ手も早い彼にしては、実に珍しいことだった。

不思議そうに首を傾《かし》げつつ、留蔵は茶筒の木蓋を開ける。

と、誠四郎がおもむろに口を開いた。

「あんた、何を聞いても黙っていてくれるって約束できるかい？」

「どういうこった？」

急須に手を伸ばしかけたまま、留蔵は問い返す。

眠気も覚めた様子で、真面目な顔になっている。

無頼気取りの若者が、今朝ばかりは真剣に相談を持ちかけてきたと察したのだ。

「咲の奴が、ひでぇ目に遭ってな……」

話を切り出す誠四郎の目は、どこか切なげでもあった。

二十三

注いでもらった番茶を啜りつつ、誠四郎は一連の経緯を明かした。

伏せたのは、加納彦馬の身分だけである。

由利道場に出稽古に来ていた高名な柔術家であり、咲に執心したあげくに嫌がらせに及んだ節があるとだけは話したものの、まだ確証が摑めているわけではない。江戸雇いとはいえ大名屋敷に仕える者を悪し様《ざま》に言うのは、避けるべきことと考えて自重したのだ。

「成る程ねぇ」

話を聞き終えるや、留蔵は逆に問うてきた。

「その加納彦馬って野郎は、三田藩の用人じゃぁねぇのかい」

「なんで分かるんだい？」

誠四郎は驚いた声を上げた。

近隣の辻番ならばいざ知らず、霞ヶ関の三田藩邸に仕える彦馬のことを留蔵が見知っているはずもない。

何故、正確に指摘し得たのだろうか――？

答えは留蔵自身の口から明かされた。

「お前さんが言ったのと似たようなことをな、俺ぁもう十遍がとこ聞かされてんだよ」

「え」

「加納彦馬がひでぇ目に遭わせた女子衆《おなごし》が、それだけ居なさるってことよ」

留蔵が辻番所を訪れる人々から密かに恨み晴らしを請け負い、田部伊織と共に遂行しているのは、もとより誠四郎も承知していた。

一人や二人から話を持ちかけられても、留蔵は鵜呑《うの》みにはしない。同じ悪人が繰り返し名指しされ、下調べをして真の外道だと当たりを付けた上でなくては仕置きを決行したりはしないのだ。

彦馬の悪行は揺るぎない事実だということを、すでに留蔵は承知していたのである。

留蔵の同意を得て、誠四郎は伊織を呼びに走った。

折良く朝餉を済ませたばかりだった伊織は、すぐさま腰を上げてくれた。

改めて、三人は辻番所で膝を向き合わせる。

誠四郎の話を聞き終えた伊織は、端整な横顔を引き締めた。

「やはり、同じ手口だの」

「伊織さん……」

「おやっさんの申す通りぞ、誠四郎。おぬしが存じ寄りの女武道、とんだ手合いに見込まれたものだの」

かねてより伊織は留蔵の意を汲み、加納彦馬の行状を調べ歩いていたという。

「腰巻きや襦袢を盗むばかりならば、まだ大目に見られようがの……」

彦馬は咲に目を付ける以前から諸方の町娘に懸想《けそう》しては付きまとい、袖にされるたびに藩邸お抱えの中間たちに暴行させていたのである。

すべては、自分を蔑《ないがし》ろにしたことへの報復行為だった。

陵辱《りょうじょく》された娘の中には、自ら命を絶ってしまった者さえ居るという。

「この銭が、何よりの証《あかし》さね」

目貼りをした籠の中から、留蔵は大振りの紙包みを取り出して見せる。

底が破れんばかりにくるまれていたのは、一分金ばかりであった。

一両の四分の一に相当する板金は、庶民にとっては大金だった。辻番所を訪れた娘たちの身内は小銭では済まそうとせず、誰もが進んで大枚《たいまい》を置いていったのだ。

「お前さんたち、引き受けるのかい?」

「無論ぞ」

誠四郎に答える伊織の声は力強い。

その横では、留蔵が無言で頷いていた。

たしかに、成敗する理由は十分だった。

誠四郎は咲の一件を相談したことで、図らずも二人に仕置きの決行を促したのである。

むろん、それだけで良しとする誠四郎ではなかった。

「で、どうするんだい誠の字?」

「聞かれるまでもねぇやな」

二つ返事で若者は答えていた。

「お前さんたちの流儀に合わせるぜ。どうすりゃいいのか、下知《げち》してくんねぇ」

口調こそ尊大だが、目の色は真剣そのものであった。

二十四

かくして留蔵と伊織に協力を申し出た誠四郎は、加納彦馬を仕置きするための策を共に練る運びとなった。

「まずは信用を失墜させ、立場を無くすことだの」

公務で赴く先々に工作し、徹底して妨害すれば良い。

それが仕置きを成功に導く早道だと、伊織は判じたのだ。

大名家の権威に守られていて手が出せないならば、その庇護を失わせてしまおうというわけである。

「さすがだね、伊織さん……」

誠四郎は首肯した。

「用人ってのは出歩く折も多いからなぁ、付け入る隙は幾らでもあるだろうぜ」

大名と旗本の違いこそあるが、誠四郎は武家の内情を知悉《ちしつ》している。用人がどのような役目を担っているのかは、もとより承知の上だった。

二十五

翌日から誠四郎は彦馬の尾行を始めた。

あちらが隠形で忍び入ってくるのは捕えられなくても、こちらから近付くならば容易《たやす》いことである。

集めてきた情報を吟味し、最初に仕掛けたのは田部伊織だった。


その日は朝から快晴だった。

「出来ておらぬと……？」

「はぁ」

絶句する彦馬に、訪ねて来られた菓子屋のあるじは困惑していた。

予定していた茶会が取り止めになったため、頼んであった菓子は不要になったとの話を昨夜遅くに承ったばかりなのである。

家紋入りの提灯を持参しての訪問であり、詫びにと金子を包まれた上でのこととなれば疑う余地もなかった。

しかし、いそいそと足を運んできた彦馬にとっては、寝耳に水の出来事であった。

何処でも手に入る菓子ではない。

藩邸のお偉方が他藩の留守居役を招いての一席に出すことになっていた、先方の好みの逸品だったのだ。

遺漏《いろう》無く手配したはずが届かなくては、自分の落ち度となる。

「い、急ぎ用意せえ！　費えは幾らかかっても構わぬっ」

店先でわめき散らす彦馬は、平静を失っていた。

まさか三田藩士を装った伊織が注文を取り消したなどとは、知る由もなかった。

（どうしたものか……）

店先で棒立ちになったまま、彦馬は動揺を募らせずにはいられなかった。

手配した菓子は、亥《い》の子餅だった。

楕円形に丸めた餅を小豆餡《あずきあん》で包み、丈夫で子沢山な猪に見立てた菓子である。庶民の間では十月の初亥に無病息災と子孫繁栄を願って食され、茶道の世界では立冬の炉開きの席に欠かせないものとされていた。

猪は古来より火伏せの神の使いと言われているのを、有職故実に通暁した彦馬はむろん承知していた。

炉を開いて炭火を入れる口切りの茶事は、斯道においては正月にも等しい。

まして藩邸のお偉方が催す一席となれば、ゆめゆめ手ぬかりがあってはならない。

だが、戻ってきた菓子屋のあるじの答えはつれないものだった。

「申し訳ありませぬが、町方の皆様にお分けしてしまいましたもので……」

口ぶりこそ丁寧なものだったが、恐縮している様子はなかった。

何しろ、抱えの職人が精魂を込めて作った菓子を無駄にされてしまったのである。

幸いにも一見《いちげん》の若い客が買い取ってくれて早々に売り切れたとはいえ、それだけで済むという話ではなかった。

「こちらは謹んでお返しいたします」

板金をくるんだ懐紙包みを差し出すと、あるじは素っ気なく背を向ける。

彦馬には身に覚えのない、折り目正しい金一封であった。

その頃、長屋のちび連を井戸端に集めた誠四郎は、気前よく菓子を振る舞っていた。

「おいしい！」

口の周りを餡だらけにしながら、お梅は亥の子餅をぱくついている。その隣ではちびのお松が甘い餅を大事そうに両手で持ち、ちょびちょびと囓《かじ》っていた。

「うまいなぁ」

「おっ母のおはぎより、ずっとあまいや」

腕白坊主の竹蔵と菊次も、笑顔を向け合っている。

朝餉の後に思わぬ甘味を振る舞われ、どの子も上機嫌だった。

「三太のぶんも残しておくんだぜ」

注意を与えつつ、誠四郎は二つ目の亥の子餅をつまむ。

朝一番で菓子屋を訪問し、買い占めてきた餅はまだ十《とお》余りも残っている。

「ああ、美味《うめ》え……」

完爾と微笑み、誠四郎は甘い餅を嚙み締めるのだった。

やむなく代わりの亥の子餅を入手して、彦馬は屋敷に急ぎ戻った。

しかし、炉開きの客たちの反応は最悪だった。

茶席では、供された菓子を先に口にした上で一服するのが作法である。

どの客も作法通りに振る舞ってはいたが、一様に口の端を不快げに歪めていた。

茶が苦かったわけではない。点前《てまえ》をより引き立たせてくれるはずの甘味が、まったくの期待はずれだったからだ。毎年の炉開きが遺漏無く、満足のゆくものだっただけに失望感は一際大きかったのかもしれない。

「これは何としたことか、加納……」

客人を送り出した後、彦馬がきついお叱りを受けたのも当然だろう。

平素にそつなく万事をこなしている者は、ひとたび失敗すればたちどころに非難されるものである。

これがふだんからしくじり続きの者ならば、どうということもなかったのだろう。だが藩邸のお偉方が全幅の信頼を預けている彦馬の場合、たった一度の過ちでも重大なことと見なされてしまうのだ。

「おぬしを見損なったぞ」

一言吐き捨て、面目を潰された留守居役は席を蹴る。

茶室に取り残された彦馬は独り、悄然と肩を落とすばかりだった。

意気消沈していても、日々の役目はこなさなくてはならない。

国許に為替《かわせ》を振り出すため、彦馬は近くの両替商へ足を向けた。

藩邸の勘定方から頼まれてのことである。依頼する額面を明記し、藩のお偉方の印判《いんばん》が捺《お》された書き付けを彦馬は懐中に収めていた。

午下がりの往来は混《こ》み合っていた。

二刀を帯びた武士といえども、人混みの中では大手を振っては歩き難い。

そんな一瞬の隙を、誠四郎は巧妙に突いた。

擦れ違ったとき、まだ茶会の一件で気落ちしていた彦馬は目を伏せたままだった。


両替商の店先も混み合っていた。

いつもの彦馬ならば周囲の客に睨みを利かせ、いち早く店の者に応対させることが自然にできるはずだった。

だが、気力が萎えていては貫禄も自ずと失せる。

己の存在感が薄れてしまっていることを、当の彦馬は自覚できていなかった。

(遅い……)

苛々しながらも、不作法には振る舞えなかった。

自分は江戸雇いの軽輩とはいえ、三田藩邸の顔なのである。

先程の菓子屋では我を忘れて狼狽《ろうばい》する様を衆目に晒してしまったが、二度と繰り返してはなるまい。胸の内で、己自身にそう言い聞かせていた。

「お待たせいたしました、加納様」

やっと気付いてくれた番頭が歩み寄って来るや、彦馬は安堵した表情を浮かべた。

ほっとした様子で、懐中に手を差し入れる。

しかし、指先に触れるものは何も無かった。

「む⁉」

大事な書き付けがいつの間にか、懐中から消えてしまっている。

頬被りで顔を隠して近寄った誠四郎が『無刀取り』の早業を駆使し、擦れ違い様に抜き取ったことに、さすがの柔術名人も気付いてはいなかったのだ。

誠四郎と伊織の工作は、それからも続けられた。

彦馬の失態は二度だけでは済まされなかったのである。

物品の手配漏れや書類の紛失ばかりではない。

口入屋（人材派遣業）に補充を頼んだはずの中間の頭数が足りず、お偉方の外出の供が揃わないという事態まで一度ならず生じた。

こうした失態は、中間頭の権平にまで累が及ぶことになる。

「どういうこってす？」

共にお叱りを受けた後、権平は遠慮無しに食ってかかってきた。

「これじゃ、何のために高い銭を渡しているのか判りゃしねぇぜ……」

権平が苛立つのも無理はない。こたびの失態がきっかけとなり、中間部屋の現状が目に余るとお偉方たちが問題視し始めたのだ。

賭場が開けなくなってしまえば、たちまち中間たちは窮することになる。

そうならぬよう配慮してくれるべき立場の彦馬が足を引っ張り、要らざる災いを招いたとなれば激怒するのも当然だろう。

お偉方の庇護ばかりか下《しも》つ方の信用まで失い、彦馬は孤立無援となっていった。

二十六

失態を繰り返した彦馬は、とうとう解雇されてしまう羽目になった。

身ひとつでの追放である。

藩邸の者は皆、手のひらを返したように冷たい。

それは中間頭の権平も例外ではなかった。

「残念なこってすねぇ」

肩を落として屋敷を去ろうとする彦馬の前に、屈強の中間たちが立ちはだかる。

その数は十名を超えていた。

「おぬしたち⁉」

「いくら柔術の名人でも、こいつらが一遍にかかれば勝ち目はあるめぇよ」

うそぶきながら、権平は大きな手のひらを突き出す。

「見逃してやるからよ、有り金を置いていきなせぇ」

「何……」

「お前さんにゃ迷惑をかけられたからよ、せめてもの詫びをしてもらわねぇとな」

思わず彦馬は懐を押さえる。

その手首を、さっと権平は摑んだ。

意気消沈していたとはいえ、名人らしからぬ落ち度だった。

たちまち、分厚い紙入れ（財布）が抜き取られた。

「成る程、たんと入っていなさるねぇ」

満足げにつぶやきつつ、権平は彦馬を見返す。

もう微笑んではいない。

肉付きのよい、福々しい顔に浮かんでいるのは、侮蔑の表情ばかりである。

居並ぶ中間たちも同様だった。

「う……」

立ち向かう気力も失せたまま、彦馬は後ずさる。

門の潜り戸は開け放たれていた。

門番は無言のまま、醒めた目でこちらを見やっている。中間どもの暴挙を止めるどころか、早く出て行けと言わんばかりの態度を示すばかりだった。

かくして、手なずけていたはずの者たちから石持て追われ彦馬は路頭に迷うに至ったのであった。

二十七

もはや仕置きを阻む者は誰もいない。

「今夜、俺ぁ仕掛けるぜ」

彦馬追放の知らせを辻番所へもたらした誠四郎は、留蔵と伊織に決行を宣した。

「独りで大事ないのか、誠四郎？」

「任せてもらおうか、伊織さん」

うそぶく誠四郎は自信満々であった。

「調子に乗るんじゃねぇよ、誠の字」

一方の留蔵は案じ顔である。

誠四郎の腕が立つのは承知していたが、まだ彼は裏稼業に慣れているわけではない。

万が一にも仕損じてもらっては、困るのは留蔵と伊織なのだ。

しかも、誠四郎は些《いささ》かも臆してはいない。

対手が強敵なのは誰よりも判っているはずなのに、堂々とした態度を崩さなかった。

「奴は柔術の名人なんだろう。伊織さんに助《す》けてもらったほうがいいんじゃねぇのか」

「いらねぇよ」

重ねて告げる留蔵に、誠四郎は手のひらを打ち振ってみせる。

「ったく、年寄りはこれだから困るぜ。人様に事を任せたからにゃ、そっちも腹を括《くく》ってくれねぇとな」

「おきやがれ」

留蔵はすかさず毒づく。

「しくじったら、お前が腹を切るだけじゃすまねぇんだぜ⁉」

「判ってるよ」

誠四郎は、すっと留蔵を見返す。

「お前……」

留蔵は思わず絶句する。

精悍な双眸は、澄み切っていた。

生意気きわまりない若者とは思えぬほど、曇りのない瞳であった。

「信じようぞ、おやっさん」

頃や良しと見て、伊織が言った。

「そも、加納彦馬めを討つことを我らに踏み切らせたのは誠四郎なのだ。その責を取ってもらわねばな」

「伊織さん……」

「信じてみなくては何も始まらぬ。弥十郎と組んだ折とて、そうだったではないか」

その名前を出されるや、留蔵は押し黙る。

続いて、伊織は誠四郎に向き直った。

「私は手を出さぬ。万事、おぬしに委《ゆだ》ねようぞ」

「真実《ほんと》かい？」

誠四郎の問いかけに、伊織は黙って頷く。

しかし、去り際にこう言い添えずにはいられなかった。

「真の強さは道場での立ち合いだけでは見えぬものぞ。それだけは、よく覚えておくことだの」

「どういうこった」

「素手で敵を制するが柔術の身上なれど、刀を帯びておれば必ずや遣うはずだ。おぬしら
が修めし起倒流には、居合の術も含まれておるのであろう」

「…………」

「こたびばかりは、刀を都合して参ったほうが良いのではないかな」

「いや」

伊織の勧めに、誠四郎はかぶりを振った。

「俺はさむれぇを棄《す》てた身なんだ。二本棒なんぞ突っ張らせて出張《でば》れるかい」

「あくまで、無腰にて参るのか」

「負けたときにゃ、その場で腹ぁ切ってくるよ。野郎の脇差をぶんどってな」

答える誠四郎の口調はさばさばしていた。

「そうすりゃお前さん方とは関わりなく、果たし合いを挑んだってぇことになるさね」

「誠四郎」

「じゃあな」

それだけ言い置き、誠四郎は二人に背を向ける。

独りで出陣していく若者を、伊織も留蔵も無言で見送るばかりだった。

二十八

（腹が減った……）

加納彦馬は当て所《ど》なく、宵闇に包まれた両国橋の袂に立ち尽くしていた。

懐中には一文の銭も無い。着衣を除けば、所持しているのは腰の二刀のみである。

あれから本所横網町に在る古巣の名門道場を訪ねたものの、敷居をまたぐことも許されはしなかった。旧恩を忘れ、他の道場に鞍替えしたとなれば当然の報いであろう。

他に頼れる先もなく、彦馬は途方に暮れていた。

川端の風は冷たい。

ともあれ、一夜を明かす先を探さなくてはならなかった。

（刀を売るか）

大小の刀は、中間頭の権平から受け取った袖の下で購った逸品である。折紙《おりかみ》（鑑定書）を信じるならば鎌倉の昔に鍛えられた、相州伝《そうしゅうでん》の古刀《ことう》のはずだった。

定寸より二寸（約六センチメートル）は長い、二尺五寸（約七五センチメートル）物の大刀は特別に誂《あつら》えた朱塗りの鞘に納められている。

柄も長柄《ながえ》に仕立てられており、三所物《みところもの》と称される金装具にも金がかかっていた。

安く見積もっても、十両にはなるだろう。

刀剣商を叩き起こすか、それとも質屋へ持ち込んだほうが良いだろうか——。

彦馬が思案し始めた、そのとき。

空腹に霞《かす》む視界を、大柄な男の影が横切った。

「む？」

正面から、堂々と間合いを詰めてくる。

それは、人通りが絶えた機を見計らった上での行動だった。

「おぬしは⁉」

目を凝らしたとたん、彦馬は呻《うめ》いた。

由利道場でいつも顔を合わせていた、本多家の子弟である。

何故、自分の前に現れたのか見当も付かない。災難に見舞われ続けた彦馬は、もはや咲のことなどきれいに忘れていたのだ。

だが、対する誠四郎は怒り心頭に発している。

それでいて、宣する口調は冷静そのものだった。

「川っぺりたぁお誂え向きだな、加納さん」

「何と申す？」

「寄る辺のなくなったお前を、三途の川流れにしてやるのさ」

「うぬっ」

身構える彦馬に、誠四郎は続けて言い放った。

「ここは道場じゃねぇんだ。本気で来てもらって構わねぇぜ」

動いたのは口だけではない。

機敏に走り寄り、彦馬の内懐へ踏み込まんとしていた。

応じて、彦馬は速やかに体を捌いた。

「う！」

誠四郎はたたらを踏んだ。

彦馬の柄に伸ばした手は、虚空を摑んだだけだった。

見れば彦馬は鍔元に左手を添えて握り、柄を急角度に持ち上げていた。

抜刀してはいない。

代わりに見舞ってきたのは、苛烈な当て身であった。

誠四郎は、だっと足元を蹴る。

跳び退った胸元すれすれに、鉄の柄頭が行き過ぎる。

刀を鞘に納めたまま戦うのは剣術の一手であり、居合の諸流派にも伝えられている。その技は柔術に相通じるものとして、起倒流にも含まれていた。

これでは誠四郎も『無刀取り』をすることが出来ない。

この加納彦馬、ただの漁色漢ではなかった。

誠四郎が柳生新陰流の奥義を授けられた術者であることを踏まえて、自分の刀を奪わんと仕掛けてくるに違いないと瞬時に見抜いたのだ。

「どうした、若造っ」

挑発の笑みを浮かべつつ、彦馬はうそぶく。

集中することにより、気力と体力の衰えは回復していた。

柄を急角度に持ち上げては打ち込み、かわされても間を置くことなく迫り来る。

ぶん、ぶんと重たい音を立てて長柄が殺到する。

誠四郎の精悍な貌《かお》は汗まみれになっていた。
人通りは絶えたままである。
無人の川端に聞こえるのは長柄の旋回する音と、たゆたう波音のみだった。
「これまでだ！」
嗜虐《しぎゃく》の一声を上げるや、彦馬は刀を鞘走らせた。
左手で握った鞘を引くことにより、一瞬に抜刀したのである。
袈裟に振りかぶった一刀が、誠四郎を目がけて殺到する。
刹那、ぎぃんと金属音が上がった。
「馬鹿な……」
彦馬は呻く。
必殺の刀勢を込めた斬撃《ざんげき》は、誠四郎の左腕に阻まれていた。
自ら、腕一本を棄てたわけではない。
左の袖が捲《まく》れている。
剝き出しになった誠四郎の太い腕には、古びた籠手《こて》が装着されていた。
半籠手《はんごて》と称する防具である。
表面をくるんだ革の下には、頑丈な鉄板が仕込まれている。

誠四郎はあらかじめ籠手を装着して彦馬に挑み、斬ってくる瞬間を狙って眼前に左腕をかざしたのだ。

それは古来より合戦場で鎧武者《よろいむしゃ》が行使してきた、実戦剣術における防御法だった。

刹那、彦馬の帯前がふっと軽くなる。

いつの間にか、誠四郎は脇差を握っていた。

籠手を用いての肉迫は、ただ身を守るだけの策ではない。斬撃を阻まれた敵に生じた隙を逃さず、こうして反撃に転じるための前段階でもあるのだ。

鈍い音と共に、脇差が脾腹《ひばら》に突き込まれる。

「ぐうっ」

彦馬が断末魔の呻きを上げる。

誠四郎は強敵の彦馬を、一対一の対決の末に仕留めたのであった。

二十九

その頃。

田部伊織の孤影は、霞ヶ関の三田藩邸前に見出された。

悪事に手を貸していた以上、この外道の中間どもも放っておいては犠牲になった娘たちが浮かばれまい。

誠四郎に手を貸さぬ代わりに、こちらも独りで出陣してきたのだった。

先だっての失態の影響なのか、賭場の客は減っているらしい。

藩邸近くの路上に立ち、客を案内する役目の中間も手持ちぶさたな様子であった。

「……………」

伊織は無言のまま、右手を伸ばしていく。

帯前の脇差は刀身こそ竹光《たけみつ》だが、櫃《ひつ》に納められた馬針《ばしん》は本身であった。

合戦場で疲弊《ひへい》した馬の脚を瀉血《しゃけつ》するのに用いられたことから呼称が付いた馬針は、諸刃《もろは》の小刀《こがたな》である。

鍛鉄《たんてつ》製の刃は重心が取れており、ふつうの武士が脇差の鞘の側面にある櫃に納めて携行する小柄《こづか》とは違って、手裏剣の代用とするのにも不足はない。

この馬針こそが、田部伊織の得物《えもの》なのだ。

見張りの中間が持ち場を離れていく。そろそろ交替の刻限なのだろう。

刹那、闇を裂いて馬針が飛んだ。

「う！」

倒れた男に走り寄り、血濡れた刃をさっと首筋から抜き取る。

交替に来た者が気付いたときにはもう、伊織は駆け出していた。


「何だとぉ」

変事を知らされた権平は、たちまち色めき立った。

「まさか加納の野郎が意趣返《げえ》しに来やがったんじゃあるめぇな？」

「遠目には分かりやせんでしたが、頼まれた者《もん》かもしれやせん」

「舐《な》めやがって……！」

中間の報告に頷くや、権平は奥から長脇差を持ってこさせる。

「あっちがそのつもりなら、受けて立とうじゃねぇか」

選りすぐりの子分を引き連れて、荒くれ中間頭は憤然と表へ飛び出していくのだった。


大名屋敷が密集する霞ヶ関だが、数町も離れれば田園地帯が広がっている。

手に手に木刀を引っ提げた屈強の中間どもは権平の指揮の下、家紋入りの提灯で足元を照らしながら丹念に探し回った。

目指す対手は、暗がりのあぜ道に立っていた。

「お前か！」

打ちかかった一人の中間が、たちまちのけぞる。

投じた馬針を抜き取りつつ、黒装束の男——伊織は奪った木刀を片手中段に構えた。

「野郎っ」

殺到してくる中間どもに、伊織は風を巻いて襲いかかる。

木刀が続けざまに唸《うな》った。

剣術の手練が振るえば、木刀は真剣に等しい威力を発揮し得る。かつて東北の某藩にて剣術師範を務めていた伊織の技倆を以てすればこそ、可能なことだった。

むろん、誰に対しても行うわけはない。許せぬ外道を仕置きするためなればこそ、裁きの一撃を喰らわせるのだ。

伊織とて人の親である。加納彦馬の尻馬に乗り、年頃の娘たちを酷い目に遭わせてきた一味を許し得るものではなかった。

「て、てめぇ」

配下を残らず打ち殺された権平は、恐怖の余りに動けなくなっている。

両手で構えた長脇差の切っ先が、盛んに上下していた。

震える外道を、伊織は冷ややかに見返す。

刹那、その手許から馬針が飛ぶ。
額を打ち抜かれた権平は、声もなく崩れ落ちていった。

三十

かくして悪人どもは滅され、由利道場に平和な日々が戻ってきた。
咲はすっかり元気を取り戻し、父の蔵人ともども門弟たちの指導に熱を入れている。
(良かったぜ)
その様子を見届けた誠四郎は安堵し、そっと道場を後にした。
今日は朝稽古に来たわけではない。
もはや自分が付いていなくても咲は大丈夫だろう。
そして誠四郎自身も、由利道場に頼らずともやっていけるという確信ができていた。

三十一

足取りも軽く、誠四郎は根津へ戻ってきた。

辻番所に立ち寄ると、留蔵がにやにやしながら迎えてくれた。

「お前、あの娘のことが好きなんじゃゃねぇのかい？」

「馬鹿を言うなよ爺さん。あいつぁ、俺にとっては妹みてぇなもんさね」

まぜっかえす留蔵に、誠四郎は苦笑まじりに答えるのだった。

「大事な妹を守れねぇようじゃ、兄貴顔《づら》なんぞしちゃいられねぇからなぁ……」

晩秋の空は薄曇りである。

冬の訪れを感じさせる空模様も、誠四郎の目には何とも晴れやかに映じていた。

鼠小僧異聞《ねずみこぞういぶん》

一

年が明けて、天保五年（一八三四）。

江戸市中では正月早々から、武家屋敷を狙った盗みが続発していた。標的とされたのは諸大名と大身旗本である。同じ直参でも、禄米取りの御家人などには最初から目も呉れなかった。

小正月の今宵、狙われたのは五千石取りの旗本の屋敷だった。

「追え、追えーっ！」

「断じて取り逃がすでないぞ‼」

異変に気付いた宿直《とのい》が血相を変えて走り回り、物々しく鉢巻きと革襷《かわだすき》をした家士《かし》たちがおっとり刀で長屋門から飛び出していく。

盗賊を見付ければ即、その場で斬り捨てることも辞さぬ様子であった。

しかし、誰も追い付けはしない。

「いたぞ！」

強盗提灯《がんどうぢょうちん》を手にした家士が指差す町家の屋上に、黒ずくめの影が見出された。

身の丈は五尺二寸（約一五六センチメートル）ばかり。当時の成人男性としては、並の背丈といったところだろう。

墨染めの布で頬被りをしており、顔形は判断としない。

細身ながら腰回りが太く、安定した体型の持ち主である。

屋根瓦を踏んで走っていても、上体はまったく揺らいでいない。手持ちの照明では捕捉できぬほどの敏捷な動きだった。見上げてばかりいても埒《らち》は明かないが、後を追って屋根に上ったところで同じ真似ができるはずもない。

「おのれ……！」

家士たちは歯嚙みしつつ、瓦を踏む足音のみを頼りに大路を追走する。

屋根の切れ目で立ち止まり、路地に降り立つところを捕えようというのだ。

と、賊はぶわっと宙に舞った。

十五夜の月に、黒装束の孤影が鮮やかに浮かび上がる。

屋根から屋根へ、一気に飛び移ったのだ。

手製と思しき背負い袋には、盗み出した数百両の切り餅が入っているはずだった。その重さをものともせずに飛翔するとは、驚くほどの体捌《たいさば》きだった。

隣家の屋上にすっくと立った影は、そのまま軽やかに駆け去っていく。

もはや追跡は不可能だった。

屋根伝いに自在に逃げられる賊は、町境を仕切る木戸にも行く手を遮られはしない。

しかるに、路上を行くしかない家士たちは、番所でいちいち身分を明らかにしなくては通行することが叶わないのだ。

むろん、主家の家紋が入った提灯ひとつを通行手形代わりに示せば何の障りもない。

しかし、それでは盗みに入られたと自ら明かして廻るのと同じだった。主家の恥を喧伝《けんでん》するような真似などができるはずもあるまい。

「ひ、退けっ」

渋面《じゅうめん》を押し隠し、家士たちは撤収していく。

皆、今宵の変事は何としても隠し通さなくてはならないと心得ていた。

大胆不敵にも、現場には賊の名前が一筆残されていたからである。

墨痕《ぼっこん》も鮮やかに『鼠小僧参上《ねずみこぞう》』と――。

二

文政《ぶんせい》から天保の世にかけて、江戸市中を騒がせた盗賊が居た。

その名は次郎吉《じろきち》。元は鳶《とび》人足で際立って身軽なことから「鼠小僧」の異名を取り、市中の大名屋敷を専門に忍び入っては累計三千両余もの大金を盗み取った男である。

しかし鼠小僧こと次郎吉は一昨年の天保三年（一八三二）に捕縛《ほばく》され、同年八月十九日（陽暦九月十三日）に処刑されてしまっている。

市中引き回しの上、獄門に処されたのだ。

多くの民が助命を望みながらも叶うことなく刑死して果てた鼠小僧が、不景気の世に忽《こつ》然《ぜん》と甦《よみがえ》ったのは信じ難い話であった。

まさか死人が生き返るはずもない。

となれば今再び現れた鼠小僧は偽者に違いないのだが、正体は杳《よう》として知れない。

南北の町奉行所も火盗改も、すっかりお手上げの状態だった。

三

十五夜騒ぎの翌朝——。

「困ったもんだなぁ」

初老の同心が、苦《にが》り切った様子で往来を歩いていた。

地色を渋めに染めた黄八丈《きはちじょう》の着流しに三つ紋付きの黒羽織を重ね、見事な銀髪を小《こ》銀杏髷《いちょうまげ》に結っている。

町奉行の支配下で市中の探索に専従し、寒空の下でも被り物をしない廻方同心《まわりかたどうしん》に特有の結い方だった。

月代《さかやき》を広く剃り、短く結った髷先は散らさない。

髷を一文字形に長くするのを粋とした直参風になるのを嫌い、あくまで小粋《こいき》に装うのが彼らの信条だった。

見た目だけの格好良さではない。

将軍家の行列先でもお構いなしとされる御成先御免《おなりさきごめん》の着流し姿で、視界を遮る被り物を用いずに行動するのは、あくまで機動性を追求してのことなのだ。

この初老の同心も、市中の治安を守るため最前線に立つ一人であった。

立花恵吾《たちばなけいご》、五十八歳。

南町の臨時廻同心である。

町奉行所では定町廻を長年勤め上げた古参同心が遊軍の臨時廻となり、若手を補佐する職責を担うのが常だった。かつて定町廻の腕利きとして鳴らした立花恵吾も、今は持ち場に関わりなく事件を捜査する臨時廻の役目に就いていた。

しかし、老練の恵吾も二代目鼠小僧には手を焼くばかりだった。

かつて初代の探索に従事したときもそうだったが、被害者の口が堅いために手がかりが思うように得られない。

大名であれ旗本であれ、盗賊に入られるのは恥辱《ちじょく》の極みである。こうして訪ね歩いても外聞を恐れ、不浄役人めと追い払われるのが落ちだった。

それでも初代の次郎吉の場合は盗んだ金を賭場で派手に散財していたため目星を着けることができ、大名家でも奥方《おくがた》や奥女中《おくじょちゅう》の寝所《しんじょ》を狙うことが多かったため、女中たちから密かに情報を集めることも可能であった。

だが、こたびの二代目は大胆きわまりない。

大名と旗本の別を問わず、当主もしくは家中のお偉方の部屋に侵入しては隠し金を持ち出している。それも寝所で女人《にょにん》と同衾《どうきん》している最中というのが常だった。

武家の当主が盗みに入られていながら気付かぬまま、色に溺れて眠りこけていたと世間に知れれば赤っ恥《ぱじ》であろう。

昨夜に被害を受けた大身旗本も、例外ではなかった。

かつて定町廻だった頃に出入りを許されていた立花恵吾だからこそ、当主の旗本は恥を忍んで子細を明かしてくれたのだ。

ともあれ、賊の足取りを摑まなくてはならない。

それには人海戦術が必要だった。

立花恵吾は、一人の供を連れていた。

鼠を思わせる、貧相な顔の三十男であった。

風邪ぎみらしく、ほお骨の張った顔が赤い。

足の運びも頼りなげで、どことなく腰がふらついている。

ひょろりと背ばかり高いが、痩せぎすなので貫禄に乏しい。尻をはしょった袷の裾から覗けて見える両脚は、股引《ももひき》がだぶつくほどに細かった。

男は後ろ腰に十手《じって》を差していた。表から見えぬように半纏《はんてん》で隠しているが、この貧相な三十男は御上の御用を預かる身なのだ。

正平《しょうへい》、三十一歳。

立花恵吾より手札を授かり、根津界隈を縄張りとしている岡っ引きである。

「なぁ、正平よ」

「へ、へい」

くしゃみをしかけていたのを慌てて堪え、正平は顔を引き締める。

「風邪っぴきのとこをすまねぇが、もうちっとしゃっきりしてくんな」

恵吾は背中越しに告げてきた。

「お前さんも昨日今日の駆け出しってわけじゃあるめぇ。佐吉の下っ引きだった時分まで含めりゃ、もう五年がとこ御用を務めてきたんじゃねぇのかい？」

「す、すみやせん」

「兄貴分の名前《なめえ》に泥を塗らねぇようによぉ、しっかり頼むぜ」

伝法な口調は、廻方同心に独特のものである。市井の民《たみ》と親しく接しながら治安を守る立場なればこそ、武士らしからぬ言動もするのだ。

その同心を補佐するため、私的に雇われているのが岡っ引きである。

だが、正平はいかにも頼りない。

かつて恵吾に仕えていた滝夜叉の佐吉とは、比べるべくもなかった。

四

門前町の『あがりや』では、佐吉が仕込みに忙しい。

昨年の凶作のしわ寄せでやり繰りは相変わらず苦しかったが、手札を預かっていた頃に懇意だった酒問屋から特別に上物の諸白（清酒）を分けてもらったり、自ら武州まで野菜や川魚などを買い付けに出向いたりして奮闘している。

しかし、どこかさびれた印象は否めない。

土間の一隅が、ぽつんと空いている。

かつては菰樽《こもだる》を毎月仕入れ、常連客に振る舞い酒をするのが常だった『あがりや』だが今はそんな散財も許されず、酒肴の値段と質を維持するのが精一杯だった。

お峰の姿は見えない。

正月早々に風邪を引き、起きられずにいたのだ。

佐吉は甲斐甲斐しく恋女房の看病に励みつつ、独りで店を営んでいる。

「ふぅ……」

ひとしきり芋の皮を剝き終えたところで、佐吉は一息ついた。

魚は、奥多摩でまとめて仕入れた岩魚《いわな》の塩焼きで間に合う。値の張る刺身などは出せなくなっていたが、佐吉は焼き魚と煮物を献立の中心に据え、ふつうは棄ててしまう鮪《まぐろ》の脂身を輪切りにした葱《ねぎ》と炊き合わせたりして客に供していた。

幸いにも客足は遠退いておらず、何とか年を越すことができた。

お峰を医者に診せられるのも、日頃の蓄えを怠らずにいたからこそである。聞き込み等で身銭を切るのがしばしばの岡っ引きという稼業に長年就いていた佐吉だが、十手を手放してからの生き方は堅実そのものだった。

土間の卓と、腰掛け代わりの空き樽の雑巾がけも済んでいる。

小上がりの座敷も、朝のうちに掃除を終えていた。

となれば、そろそろ一息入れても良い頃合いであろう。

煙草盆《たばこぼん》を持ってきた佐吉は、ゆっくりと一服つける。臭いが食材に移るため、仕込みの最中は煙管《きせる》に手を伸ばさないのが佐吉の信条だった。

漂う紫煙《しえん》が、ふっと乱れる。

いきなり表の障子が開いたのだ。

「お、親分っ」

駆け込んできたのは正平だった。

「親分はお前だろうが、正の字よぉ」

苦笑しながら、佐吉は煙管の太い雁首を打ち付ける。

灰吹きがかちりと鳴る音は、存外に静かなものだった。

最初の頃は頼りない弟分に立腹しては雷を落としていた佐吉も、この頃は余裕を持って話が聞けるようになりつつある。

それだけ居酒屋の亭主としての日常に、きついながらも慣れてきたのだろう。

しかし、こたびばかりは泣きつかれても打つ手がなかった。


「鼠小僧かい……」

二服目の紫煙を漂わせつつ、佐吉は渋面になった。

もとより、鼠小僧は庶民の英雄である。

盗み出した金を貧しい家々へばら撒くのも、初代と同じだった。

しかも盗んだ三千両余の大半を酒食遊興に費やしてしまっていた初代とは異なり、恩恵を施された者が実に多い。御城下のみならず永代橋《えいたいばし》の向こうの本所《ほんじょ》・深川《ふかがわ》一帯に至るまでの裏店へ、忍び込んだ夜のうちにせっせと金を撒いていくのだ。

気前の良さは初代以上と評判を呼んでおり、その人気に便乗した瓦版や絵草紙は大いに売れていた。

だが、御上の御用に携わるからには放っておけない。

「ここがお前さんの踏ん張りどころだぜ、正の字」

あくまで落ち着いた口調で、噛んで含めるように佐吉は説き聞かせる。

「まずは、どのぐれぇの銭がやられたのかを調べるこったな」

「そんなことができますかねぇ」

「馬鹿野郎」

自信なさげな弟分に愛情を込めて叱咤を浴びせると、佐吉は微笑んだ。

「お前の親父さんは顔が広えってのを、忘れたわけじゃあるめぇ？」

「あ」

「地主連中を口説いてもらえば、この手の調べごとは容易《たやす》いこった。どんなに口が堅い奴でも、地主様にゃ逆らえねぇからな」

「成る程……」

正平は感心した様子で頷いた。

彼の父親の正七《しょうしち》は健在で、長屋の差配（管理人）を生業としている。

土地と建物を所有する地主に代わって店賃を徴収し、井戸や厠といった共用設備の営繕などの管理業務全般を代行する稼業だった。

自ずと人脈は広く、雇い主の地主とも心易い。

彼ら地主は税金を納める本町人《ほん》として、各町の自治にも参加する立場である。地主同士で横の繋がりもあるため、御上の御用のためと申し立てて頼み込めば、江戸市中すべての町人社会へ当たりを付けることも不可能ではないのだ。

「善は急げだ。こいつを手土産に、早いとこ親父さんちへ行ってきな」

「恩に着やす、親分！」

漉《す》き返し（再生紙）にくるんでもらった岩魚の塩焼きを押し頂くや、正平は飛び出していく。すっかり元気を取り戻していた。

「ったく、手間のかかる野郎だぜ」

苦笑まじりに見送ると、佐吉は身支度を始めた。

愛用の煙管を帯前に差し、結城紬《ゆうきつむぎ》の着流しに滝縞柄《たきじまがら》の羽織を重ねる。

かつての抱え主だった立花恵吾を訪問し、正平を助けるために向後の策を講じるつもりであった。

五

佐吉の助言に奮起した正平が地主たちの協力を仰ぎ、江戸市中に撒かれた金額を余さず調べ終えた頃、南町の立花恵吾は江戸中の岡っ引きと連携の上、被害に遭った屋敷の探索を完了させていた。

正平が奉行所に呼ばれたのは調べが付いた翌日の、夕暮れ時のことだった。

「こいつぁ稀有《けぶ》（奇妙）だぜ、正の字よ」

「へい……」

それぞれに調査内容をまとめ上げた帳面を照合しつつ、二人は顔を見合わせていた。

障子越しに差し込む夕陽が、驚愕の表情を照らし出す。

同心部屋には、他に誰もいなかった。

岡っ引きは同心が私的に雇った手下《てか》であり、奉行所に正規に奉公しているわけではないため勝手に出入りすることが許されていない。そこで恵吾は当直の日を選び、同僚たちが帰宅するのを待って正平を招《しょう》じ入れたのだ。

「お互《たげ》えの調べに間違いがねぇとしたら、鼠の奴ぁ大した玉だぜ」

「あっしも、そう思いやす」

恵吾と正平は、驚くと同時に感心せずにはいられなかった。

ばら撒かれた銭の合計額と被害総額は、ぴったりと一致していたのだ。

二代目鼠小僧は盗んだ大金を一文とて自分の懐に入れず、すべて貧しい民にもたらしているのである。

まさに義賊の鑑《かがみ》と言うべき行動だった。

十手を握る者以外は誰もが皆、今度こそ鼠小僧に捕まってほしくないと願っていたのも当然だろう。

しかし、被害が及ぶ側にしてみれば堪らない。

折しも根津権現前の辻番所には、怪盗の捕縛を願う者が訪れていた。

六

「頼むぜ、爺さん」

分厚い手のひらを合わせて留蔵に訴えかけていたのは、強面《こわもて》の男だった。

髭の剃り跡が青々とした、男っぽい横顔を夕陽が照らす。

寒中に股引も穿かず、濃い毛臑《けずね》は剝き出しになっていた。袷の上に重ねた法被《はっぴ》は近くの小石川に在る、水戸藩上屋敷に奉公する者のためのお仕着せだった。

勝平《かっぺい》、三十六歳。

留蔵とは昔なじみの陸尺《ろくしゃく》である。

かつて根津界隈で辻駕籠を担いでいた勝平は縁あって藩邸に奉公し、長年世話になってきた身だった。

その水戸藩上屋敷に、二代目鼠小僧から犯行を予告する文《ふみ》が届いたのだ。

御三家の水戸徳川家が盗賊にしてやられてしまっては天下の一大事である。

現藩主の徳川斉昭《なりあき》は当年三十五歳。

豪胆なことで知られる人物だが、さすがに気が気ではないらしい。

そこで辻番所一党の裏稼業を知る勝平は、何とかならないかと頼み込んできたのだ。

「殿様の難儀を見捨てておいたんじゃ、俺の男が立ちやしねぇ」

勝平は真剣そのものだった。

「こうして人様に頭を下げる前に手前《てめえ》たちで何とかしてぇとこだが、討ち入りならまだしも盗っ人が相手じゃ、どうにも打つ手がねぇんだ」

「うーん」

留蔵は腕組みをしたまま唸るばかりだった。

人の話を聞くときに非礼なことと承知していても、かかる頼みに両の腕を広げることはできるまい。

自分たちの裏稼業は、庶民を泣かせる悪を始末することである。

盗賊を捕えるのは埒外《らちがい》と言わざるを得ないだろう。

第一、鼠小僧は弱い庶民の味方なのだ。

まして二代目の気前の良さは、初代どころではないという。

「なぁ、爺さんよぉ！」

「………」

無言のまま、留蔵は白髪頭を振るばかりである。

どれほど掻き口説かれても、首肯できるものではなかった。

七

その頃。

辻番所裏の空き地では夕焼けの下、本多誠四郎が黙々と独り稽古に励んでいた。

手には何も持っていない。

刀を中段に構えた姿を空手のままで形作り、剣術の体捌きを鍛錬していたのだ。

前後左右、そして斜めに規則正しく踏み出すことを繰り返す。

柳生新陰流に独特の、爪先を上げて踵《かかと》から先に出る運足だ後世の剣道の基本とされる摺《す》り足とは非なるものだったが、肩胛骨《けんこうこつ》と股《こ》関節を柔軟に保ち、刀を振るう原動力とする足腰を鍛えることは流派の別を問わず、重要視されている。

道場通いを止めてしまった誠四郎だが、五体をいつでも十全に動かせるように日々調整するのを怠っていなかった。

年の瀬から毎日、元旦も含めて一日も欠かさず続いている朝夕の稽古だった。

それは、体が要求すればこそのことだったたとも言えるだろう。

屋敷を飛び出して無頼の暮らしを送っていても、幼い頃から身の内に刷り込まれてきた習慣はなかなか消えるものではないのだ。

「ふぅ……」

ひとしきり体を動かした後、誠四郎は拳で額の汗をぬぐう。

素足で繰り返し踏まれた草むらは前後左右の十字形に、そして斜めの×字形に、地面が剝き出しになっていた。

これほどまでに励んだとなれば、寒中に大汗をかいているのも当然だろう。しかし、日課の鍛錬を終えた誠四郎に疲れの色は無く、満足げな微笑みを精悍な横顔に浮かべていた。

「ん？」

一息ついている誠四郎の向こうを、肩を落とした男が歩き去るのが見えた。

お仕着せの法被の背中を丸め、がっかりした様子で遠ざかっていく。

(爺さんの客だな)

誠四郎にはすぐさま察しが付いた。

空き地に面した板壁越しに、二人の会話は筒抜けだったのである。ふだんは留蔵も伊織も声を潜めて言葉を交わすのが常だったが、勝平というらしい水戸藩の陸尺は盛んに声を張り上げて留蔵を掻き口説いていた。

だが、それも功を奏さなかったらしい。

(気の毒なこったが、頼む相手が悪いぜ)

皮肉な笑みを片頬に浮かべつつ、誠四郎は素足のまま空き地を後にする。

これから井戸端で足を洗い、いち早く夕餉の支度に取りかかるつもりだった。

八

朝餉のとき残しておいた半合の冷や飯を味噌雑炊に仕立てて胃の腑に納めると、誠四郎は長屋を後にした。

路地には住人たちが七輪をめいめいに持ち出し、夕餉の支度に忙しい。

焼いているのは干物ばかりではない。

「せいのじの兄ちゃん、どこ行くの？」

誠四郎の足元から、元気な声が聞こえてきた。

「これから夕飯かい、お梅？」

「うん」

お梅が網に載せていたのは、輪切りにした唐芋《からいも》だった。

米が相変わらず割高なため、このところ江戸では芋を飯代わりにしている家も多い。

鼠小僧のお恵みがあれば話は別だろうが、この根津の裏店にはまだ一度も金が撒かれたことがなかった。

となれば、自力で何とかするより他にない。

お梅の場合には貧窮《ひんきゅう》しているわけではなかったが、まだ小さくて竈《かまど》を焚き付けることができないため、隣家のおかみから種火を貰っては七輪を使っていた。路地ならば隣近所の目が届くので、独りで煮炊きをしても火事の心配がないからだ。

父親は生糸《きいと》の仲買人で、上州への仕入れのため江戸を留守にしがちだった。母親は早くに病で亡くなっており、他に身内はいない。

「父《ちゃん》はまだ戻らないのかい」

「てがみが来たよ。月があけたら帰るって……」

「そうかい」

誠四郎は微笑みながらしゃがみ込み、そっと頭を撫でてやる。ついでに指を伸ばし、熱くなった芋を引っくり返す。鍛えられた五指は、炭火で焼かれた網の熱さを物ともしなかった。

「ありがとう」

にんまり笑うお梅の歯は、生え替わりが進んでいる。

誠四郎は乳歯が抜けるたびに頼まれて、屋根の上に放ってやるのが常だった。

まじないが効いているのか、年が明けて八歳になったお梅は心なしか身の丈も伸び、子どもから少女の顔つきになりつつある。

「これ、あげる」

握っていた菜箸で一切れつまみ、誠四郎に差し出す。

「ありがとよ」

誠四郎は笑顔で受け取り、たもとに仕舞う。

満腹した後に詰め込んでは、かえって好意を無にすることになる。後で夜食にじっくりと味わわせてもらうつもりであった。

九

辻番所の前を通ると、留蔵が式台に座ってぼんやりしていた。

袷の下に腹掛けをし、褞袍《どてら》を羽織ってはいるが、見るからに寒そうである。

役目となれば致し方あるまいが、寒中の張り番は老齢の身には応えることだろう。

「ご苦労さん」

「おきやがれ」

誠四郎に毒づく口調も、どこか精彩を欠いていた。

「へっ」

誠四郎は皮肉に笑った。

「弱気なもんだな、爺さん」

「え」

「話は聞いたぜ。鼠小僧に尻尾を巻くなんざ、お前さんも大したことはねぇな」

「お、お前……」

目を白黒する老爺の耳元に、誠四郎はそっと口を寄せる。

「それでよぉ、よくも裏の稼業人なんぞが務まるもんだなぁ」

「何だと⁉」

「義賊だろうが何だろうが、悪い奴なら放っておくわけにはいくめぇ。違うのかい？」

正鵠《せいこく》を射た一言を残して去りゆく若者を、留蔵は黙って見送るばかりだった。

「あの野郎……」

誠四郎が辻番所裏の空き地で朝夕に稽古をしているのは、留蔵も承知してはいた。

しかし板壁越しに聞き耳を立てていたとは、思ってもいなかったのである。

(俺も齢だな。すっかり焼きが回っちまったぜぇ)

油断を反省しつつ、留蔵は弱気になっている自分を恥じずにはいられなかった。

十

茫然としている留蔵の耳に、穏やかに呼びかける声が届いた。

「浮かぬ顔をしておるな、おやっさん」

「伊織さんですかい」

田部伊織は式台の前に立ち、柔和な笑みを浮かべていた。

左手に一升徳利を提げている。

焼酎ばかりの留蔵のため、差し入れを持ってきてくれたのだ。

「誠四郎に何か言われたのであろう」

「どうしてわかるんで？」

徳利を押し頂きながら、留蔵は問う。

「意気揚々としておったからの」

対する伊織の答えは明快だった。

「あれは、おやっさんをやり込めた後だからなのであろう」

「ご明察ですがねぇ……こんな爺いを虚仮《こけ》にして面白がるなんざ、困った奴ですぜ」

「違うな」

腐る留蔵に、伊織は続けて言った。

「おぬしを只者でないと思うておればこそ、負けるまいと強がりを言うておるのだ」

「へぇ……」

「これは弥十郎に出会うたときが見物《みもの》だの」

「そいつぁ願い下げですよ」

伊織らしからぬ一言に、留蔵は苦笑する。

血気盛んな誠四郎に、とても弥十郎の代わりが務まるとは思えていない留蔵である。

まして、二人が顔を合わせることなどは真っ平御免であった。

十一

夜空に三日月が浮かんでいる。

留蔵をやりこめた誠四郎は、その足で裏門坂を上っていった。

本郷の夜道を散歩しようと洒落込んだのである。

鍛え抜かれた若い体は、冷え込みなどものともしない。

坂上の追分を経て、中山道に入る。

淡い月明かりの下を辿っていくうちに、小川のせせらぎが聞こえてきた。

小石川の水戸藩上屋敷前に出たのだ。

広大な屋敷地は、いつ見ても壮観だった。

先程耳にしたせせらぎは、敷地内を通る谷端川《やばたがわ》の流れる音である。

高台を水源とする小川は、水戸藩主たる徳川斉昭が出入りするときにのみ開閉される御成門の脇を抜けて、神田川へと至っている。

「ったく、贅沢なもんだぜ」

豪壮な門を見上げつつ、誠四郎はうそぶいた。

御三家への畏敬の念など、この若者は持ち合わせていない。

まして幕府よりも朝廷の権威を重んじ、尊攘《そんじよう》を標榜して憚らない水戸徳川家の姿勢は、将軍家直属の臣である旗本たちに好ましいものではなかった。

直参の本多家を継ぐことはない立場の誠四郎にとってさえも、徳川の一門でありながら異風《いふう》を貫かんとする姿勢は首を傾げざるを得ないものだった。

(盗っ人に入られたら、ちっとは頭も冷えるだろうぜ)

そんなことを思いつつ、足早に門前を通り過ぎていく。

門前は静まり返っていた。

谷端川のせせらぎばかりが、やけに大きく聞こえてくる。

「不用心なこった」

呆れた様子で、誠四郎はひとりごちた。

仮にも犯行予告を受けているからには、番士を徹夜で立たせておくぐらいのことはしても良いはずだ。

それに、大名家の藩邸は治外法権の場なのである。

狼藉者がひとたび屋敷地に踏み込めば、奉行所に突き出すことなく現場で斬り捨ててもお構いなしとされている。

もしも油断を誘うため門前を無防備に見せかけておき、鼠小僧が忍び込んできたところを一刀の下に仕留めようというつもりならば、門内に少なからぬ手勢を潜ませているはずだった。

だが、豪壮な長屋門の向こうには殺気どころか、人の気配がまったく感じられない。

門構えに連なる御長屋住まいの藩士たちは皆、早くも床に就いているらしい。

どの棟からも、幽《かす》かな寝息しか聞こえては来なかった。

それが藩邸のお偉方の指示なのか、あるいは盗賊など侵入するはずもないと高を括《くく》っているからなのかは判然としないが、つくづく不用心なことであった。
門番ひとり見当たらぬとはいえ、怪しい者と勘違いされてしまっては堪らない。
（桑原、桑原と……）
胸の内でつぶやきつつ、誠四郎は再び歩き出す。
ところが、災厄は向こうからやって来たのであった。

十二

水戸藩邸の前を離れた誠四郎が、一町（約一〇九メートル）ほど歩を進めた頃。
背後から、幽かな足音が聞こえてきた。
常人ならば聞き逃したことだろう。
そっと地面を踏み、塀際へ忍び寄ろうとする者がいる。
「………」
無言のまま、立ち止まった誠四郎は雪駄を脱ぐ。
そして振り返るや、一直線に飛び出した。
逃げ去る黒装束の孤影が、瞳に映じた。夜目《よめ》の利く誠四郎なればこそ、三日月の淡い光だけでも捕捉し得たのである。
誠四郎は疾駆した。
一言も発することなく、間合いを詰める。
藩邸内の侍たちに気取られぬうちに、独りで捕えてやろうと目論んだのだ。
黒装束の対手――鼠小僧が身軽に跳躍しかけた刹那、だっと誠四郎も地を蹴った。
「む⁉」
組み伏せたとたん、誠四郎は怪訝な表情を浮かべた。
刹那、どんと突き飛ばされる。
不意を喰らった誠四郎が路上に転がったときにはもう、鼠小僧は走り去っていた。
(どういうこった……?)
背中を橋のように反らせて受け身を取った格好のまま、誠四郎は首を傾げる。
抱き止めたときの感触は間違いなく、女人のものだった。
若い娘ではない。二十代も後半の中年増《ちゅうどしま》といった感じであった。
ともあれ、男とは違う。
(女ねずみだったってわけかい。ありゃ、くノ一かもしれねぇな……)
苦笑しながら誠四郎は跳ね起きる。

それにしても、不可解に思わずにはいられなかった。

鼠小僧の二代目を気取った盗人が現れたこと自体は、たとえ正体が女であっても不自然ではあるまい。

名の売れた義賊に憧れて、あるいは便乗《びんじょう》して同じ真似をしようと志す者は幾らでもいるはずだからだ。

しかし、なぜ水戸藩を狙うのか。

藩主の徳川斉昭は被害に遭った他の大名たちとは違って、清廉潔白を信条とする人物のはずである。

鼠小僧は仮にも義賊であり、金さえあれば誰彼構わず狙うわけではないはずだった。

しかも先代のように盗んだ金を遊興などには費やさず、気前よく庶民に撒いている。

あくまで貧しい民の救済だけが目的ならば敢えて天下の御三家を、それも悪人ではないはずの斉昭を狙う理由は無い。

これは、金とは別の目的があるのではないだろうか。

(確かめなくっちゃなるめぇよ)

ともあれ、長居は無用である。

格闘で土埃にまみれた姿のまま、誠四郎はそそくさと歩き出すのだった。

十三

誠四郎が立ち去った直後、長屋門の潜り戸がそっと押し開かれた。

姿を見せたのは、面長の下士《かし》だった。

きちんと羽織袴を着けて脇差を帯び、鞘ぐるみの刀を提げている。

異変に気付き、おっとり刀で御長屋から飛び出してきたといった雰囲気ではない。

長いこと正座していたらしく、袴に皺が付いていた。

後方の式台には、他にも数名の下士が座したままでいる。

門のすぐ内側に待機していたならばともかく、遠く離れた玄関に居並んでいたとなれば誠四郎が気配を感じ取れなかったのも無理はない。

それにしても不可解だった。

宿直で見張りをするのなら、一箇所に固まっていたりはするまい。まして、のんびりと座ったままでいるはずはなかった。

「あやつ、余計な真似をしてくれたものだの……」

潜り戸に手を掛けたまま、面長の下士は悔しげにつぶやく。

茄子《なす》を思わせる顔に剣呑な色を浮かべている。

細い双眸は、根津へ戻る道を辿っていく誠四郎の背中に向けられていた。

しかし、後を追おうとはしない。

玄関からもう一人、若い下士が歩み出てきた。

顎が自然と上を向いた、見るからに向こう意気の強そうな顔立ちをしている。

「斬りますか？」

「止めておけい」

腕に覚えがあるらしい同輩を、面長の下士は苛立たしげに制止する。

「あの女を阻んだとなれば、よほどの手練であろうよ。無闇に追うて、騒ぎを起こしてはうまくない」

「されど、このままでは……」

「又の折を作るしかあるまいよ」

「悠長なことですな」

「黙れい」

面長の下士は、声を潜めて叱りつけた。

「おぬしは近々に出向き、女鼠に下知せえ。次にしくじれば、父娘共に命はないとな」

「は」

不服げに頷く同輩を尻目に、面長の下士は潜り戸を閉める。

胡乱な一団は解散し、それぞれの御長屋へ戻っていく。

気配を殺しての行動に、邸内で気付く者は誰もいなかった。

十四

誠四郎が取って返した先は、門前町の『あがりや』だった。

「今夜は遅いじゃねぇか、若いの」

縄暖簾を分けて入ってきた誠四郎に、佐吉は気安く呼びかける。

他の客の姿は無い。

米ばかりでなく行灯《あんどん》の油も値上がりしているため、このところは長居をする客も少なくなっていた。

どの常連も一足先にやって来て慌ただしく酒杯を傾け、帰った後のようだった。

「悪いが中汲《なかぐみ》（濁り酒）は売り切れだぜ」

「構わんさ。冷やでいいから、一杯くんねぇ」

空き樽に座った誠四郎は、大儀そうに足を伸ばす。

大振りの碗に汲んだ清酒を、佐吉は目の前の卓に置いていってくれた。

「すまねぇ」

片手拝みをして碗を取るや、ぐいと誠四郎は一口呷る。

寛いだ様子でいても、眉間には縦皺が寄っている。

そこに佐吉が戻ってきた。

小皿に盛った漬け物を置きつつ、ぼそりと告げてくる。

「どうやら呑みに来ただけじゃなさそうだな」

「わかるのかい」

蕪《かぶ》の浅漬けをつまみながら、誠四郎は佐吉を見上げた。

「これでも手札を預かっていた身だぜ……お前さん、俺に何を訊きたいんだい？」

「察しがいいね、佐吉さん」

誠四郎は微笑んだ。

しかし、眉間の皺は消えていない。

口元こそ綻んでいても、その表情は真剣だった。

「教えてもらいてぇのは、鼠小僧のことさね」

「お前……」

「今し方、そこでやり合ったのさ」

「え」

「まさか出くわすたぁ思わなかったがよ、水戸様が狙われているってのは噂だけじゃねぇらしいや」

「そうだったのかい……」

さすがに佐吉も驚いた様子だった。

むろん、水戸藩邸に犯行予告の文が届いたことはかねてより承知している。

町奉行所はひた隠しにしている藩邸側に再三進言し、警護を申し出てもいた。だが断固として拒絶されたまま、町方は手を出せずにいたのであった。

それにしても誠四郎が捕物に首を突っ込もうとするのは、珍しいことである。

「頼むよ、佐吉さん」

何を考えているのかは知らないが、若者の態度は真面目そのものだった。

どのみち、今夜はもう店仕舞いの頃合いだ。

(この野郎、ちっとは見どころがあるじゃねぇか)

自分の酒を取りに立った佐吉は、ふっと独り微笑むのだった。

十五

誠四郎がまず問うたのは、鼠小僧が捕まった当時のことだった。

「ま、一杯呑《や》りねぇ」

酒器を手にした佐吉曰く、鼠小僧こと次郎吉に背後関係はなかったという。

「あの頃の俺の抱え主は因業《いんごう》な同心でなぁ、手柄を立てさせたくはなかったもんで熱心に調べ廻りゃしなかったんだが……おおよそのことは、直に当たりを付けたもんさ」

次郎吉は江戸三座《さんざ》のひとつとして知られる、歌舞伎芝居の中村座《なかむら》で働いていた木戸番の倅《せがれ》であった。成長して鳶になったものの博奕に興じること甚だしく、金に困った末に身軽な特技を生かして盗みを働き始めたのだ。

女房子どもは彼が盗人になる以前に愛想を尽かして家出しており、今や行方《ゆきかた》はまったく知れないとのことだった。肉親たちにしても同様であり、次郎吉が処刑されてからは完全に江戸から姿を消してしまったという。

「となりゃ、身内が公儀に仕返しをしようってわけじゃねぇんだな」

「どうかな」

つぶやく誠四郎に、佐吉は一言告げた。

「血の繋がったもんだけが身内とは限らねぇぜ、若いの」

「どういうことだい？」

「鳶はもちろんだが、芝居小屋にも身の軽い奴はざらにいる。中村座に関わりのある者が鼠を名乗って仇討ちを目論んでるってことも有り得るぜ」

「そうか……」

誠四郎は得心した。

こう言うからには、やはり佐吉は次郎吉の過去を残らず調べ上げたのだろう。

それでも怪しい者が出てこなかったのは、無理もない。

誰一人として、二代目鼠小僧が女だとは思っていないのだ。

だが、まだ明かすわけにはいかない。

(こんな面白ぇこと、他人《ひと》任せにしちゃおけねぇやな)

強敵と命懸けで渡り合うときとはまた違う、謎解きの高揚感を、この若者は覚えていたのであった。

十六

数日後。

誠四郎は芝居町——日本橋の蠣殻町《かきがらちょう》に来ていた。

瓦葺《かわらぶ》きの大屋根には九尺（約二・七メートル）四方の櫓《やぐら》がそびえ立ち、演目の記された名代《なだい》看板も正面に掲げられている。

色鮮やかな芝居絵は、道行く者の目を引き寄せずには置かない。

江戸三座でも人気の高い、中村座の芝居小屋である。

あれから誠四郎は単独で調べ直した末に、次郎吉が妹のように可愛がっていた幼なじみの存在を突き止めたのだ。

その娘は中村座の端役《はやく》役者の娘で、軽業の名手として鳴らした父親から男顔負けの芸を仕込まれていたという。

娘の名は玉《たま》、二十六歳。

父の名は弁三《べんぞう》、五十八歳。

次郎吉が奉公に出された後、お玉は他の男に嫁いでいたが、子ができなかったため婚家から追い出され、今は役者を引退して中村座の下働きになった父親の弁三と二人で細々と暮らしているらしい。

(木を隠すにゃ森って言うが、盗っ人の隠れ家が芝居小屋たぁ恐れ入ったぜ)

桟敷口《さじきぐち》に入っていく金持ち連中は、そんなことなど夢想だにしてもいないだろう。掏摸よりも厄介な神出鬼没の怪盗が潜んでいると知るのは、誠四郎ただ一人だった。

十七

誠四郎は芝居小屋の裏口に忍び寄った。

小屋の者たちはごった返す表の整理に出ているらしく、誰も見当たらない。

裏手は物干し場になっているらしい。

舞台衣裳の下に着ける襦袢や足袋などが、山のように干されていた。華やかな衣裳よりもこういった小物類のほうが洗濯をする折も多いのだろう。

折しも井戸端ではやつれた女が一人、盥《たらい》に水を汲んでいた。

年の頃は二十代も後半である。

粗末な木綿物の袷を着け、両の袖を襷《たすき》でたくし上げている。

身の丈は五尺二寸ばかり。

女人としては、長身と言えよう。

細身だが腰回りは太く、安定していた。

軽業の原動力として、足腰を鍛え抜いていればこその体型だ。

その体つきは先夜、水戸藩邸前で誠四郎の手から逃れた黒装束の賊と酷似している。瞬時だったとはいえ直に接触した誠四郎の目をごまかすことはできなかった。

「お玉さん、俺の顔を見忘れちゃいないかい？」

誠四郎は詰め寄りざまに呼びかけた。

「！」

気付くが早いか、さっとお玉は盥を引っ繰り返す。

ぶっかけられた冷水をものともせず、誠四郎は突進した。

先夜のように不意を突かれさえしなければ、取り逃がすものではない。

軽業で跳び上がろうとした刹那、女の両足は長身の誠四郎に抱え込まれていた。

「くそ！」

「騒がねぇほうが身のためだぜ」

「あ、あたしをどうしようってんだいっ」

じたばたするお玉を落とさぬように抱えたまま、誠四郎は静かに説き聞かせる。すっと伸びた背筋は小揺るぎもしていなかった。

「安心しねぇ。俺ぁ御用の手の者じゃねぇよ」

「え……」

「中村座で軽業の得意な役者衆が、みんなお調べを受けたってことは承知の上よ。しかし女が鼠小僧ってことはまさかあるめぇってんで、お前さんは放っておかれたそうだなぁ」

「………」

「俺ぁ、なんでお前さんが水戸様を狙うのか知りてぇだけなんだ。あの殿様は腐った大名どもの中じゃ、ちっとはましな御仁だからな。それをなぜ、しつこく狙うんだい」

問いかけつつ、誠四郎は自分の考えを明かした。

「俺ぁよ、どうにも解せねぇんだ」

「何が？」

「お前さんとやり合った晩のことさね」

警戒したままでいる女賊に、誠四郎は冷静に語りかける。

「知り合いに聞いたんだがな、先代の鼠小僧が忍び込むのを手控えた大名屋敷は妹が女中奉公していた加賀百万石の前田様だけだったそうだぜ。縁も所縁《ゆかり》もないとなりゃ、たとえ御三家相手でも遠慮なんぞするはずはあるめぇし、そいつぁ二代目のお前さんも同じことってわけなんだろうがな」

「……」

「けどよ、水戸様を向こうに回すとはお前さんも度胸がいいや。俺ぁよ、ちょいと感心してもいるんだぜ」

「何故ですか」

「水戸の殿様は烈公《れっこう》って呼ばれていなすってな、ご気性も激しけりゃ腕も立つ。ご家来衆も剣の手練が揃っているはずだ。お江戸を騒がす盗っ人が狙いを付けてきたとなりゃ腰を入れて迎え撃たなきゃおかしい。だが、あの晩は門番ひとり立たせちゃいなかった」

「それは……」

言い淀むお玉の表情は青ざめていた。

「今になって怖くなってきたのかえ？　それとも、他に思い当たることでもあるってぇのかい、女鼠さんよ」

誠四郎は冷ややかな笑みを浮かべる。

たしかに、彼の言うことは正鵠を射ていた。

犯行予告の文まで送り付けられていながら、水戸藩邸の警戒は明らかに緩かった。

盗賊一人を余りにも恐れてはかえって体面に障るということなのかもしれないが、まるで入ってきてくれと言わんばかりの様子だったのは、どういうわけなのか。

これは誠四郎ならずとも、その場に居合わせたとすれば誰もが等しく疑念を抱くはずのことだった。

「……わかりましたよ」

観念した様子で、お玉はつぶやく。

「お話ししますから、降ろしてくれませんか」

「ああ、すまねぇな」

誠四郎はそっと腰をかがめた。

名うての盗っ人とはいえ、相手は女人なのである。手荒に扱うばかりで事の真相を聞き出すことなどはできるまい。

お玉の足が地に着くのを待って、締め上げていた諸腕を離す。

「……お侍さん、大した度胸だねぇ」

乱れた裾を直しながら、お玉は誠四郎を悔しげに睨め付ける。

こけた頬が紅潮していた。

ずっと両足を抱え込まれていたからだけではあるまい。

先夜の格闘では不可抗力とはいえ、胸乳《むなぢ》まで触られているのである。女人として恥辱を忘れられずにいたとしても当然だろう。

「あたしが匕首《あいくち》でも忍ばせていて、ぶっすり刺されるなんて思わなかったんですか」

「そんな物騒な真似をしようとしたら、たちまち足の骨がへし折れていたぜぇ」

脅し文句に動じることもなく、誠四郎は軽くうそぶく。

「立ったまんまじゃ埒も明くめぇ。ゆっくり話を聞こうじゃねぇか。な？」

転がった盥をひょいと持ち上げ、ひっくり返す。

洗濯用に作られた大振りの盥は頑丈で、大の男が踏んでも底が抜けることはない。これを椅子代わりにして、並んで座れと言っているのだ。

「おかしな真似をするんじゃないだろうね？」

「女鼠に悪戯するほど、俺ぁ物好きじゃないさね」

警戒を緩めぬお玉の言葉を一笑に付し、誠四郎は先に腰を下ろす。

「……さて、何からお話ししましょうかね……」

観念した様子で誠四郎の隣に座るや、お玉は深々と溜め息を吐くのだった。

十八

「次郎吉の仇討ちじゃない……?」

「そんなお芝居みたいなこと、一遍だって考えたことはありませんよ」

続くお玉の告白は、思いがけないものだった。

水戸藩内には、家中を牛耳る藩主の斉昭を快く思わぬ不穏分子が居るという。

かつて藩主の座を巡り、家中で熾烈《しれつ》な暗闘があったらしいとの噂は誠四郎も以前から耳にしていた。

そのとき反斉昭の立場を取った者はすべて処分されたはずだったが、まだ家中には不穏分子が潜んでいたのである。

そこで彼らは亡き次郎吉にも劣らぬ軽業の遣い手であるお玉を見出して二代目鼠小僧に仕立て上げ、手引きして屋敷内へ忍び込ませることで斉昭の失脚を狙ったのだ。

それを図らずも阻んだのが、誠四郎だったというわけである。

計画は大掛かりなものだった。

まずは鼠小僧の再来としてお玉に諸方の武家屋敷で盗みを働かせ、江戸市中に大枚の金をばら撒かせる。

かくして評判を取った上で、満を持して水戸藩邸へ潜入させる。

手引きした上でのことならば、侵入するのは雑作もない。

たとえ盗みに入られて天下に恥を晒しても、さすがに御三家の水戸徳川家が即座に取り潰されてしまうことまでは有り得ないだろう。

また、そうなってしまっては元も子もない。

不穏分子の面々にしてみれば、賊にしてやられた責任を斉昭に押し付けて藩主の座から追い落とし、自分たちの言うことを聞く新藩主を擁立できさえすれば良いのである。

それにしてもなぜ、お玉は水戸藩の不穏分子の命令に従っているのだろうか。

理由は彼女自身の口から明かされた。

「……大久保《おおくぼ》の旦那に頼まれたんですよ」

「あの有名な鰻《うなぎ》長者かい?」

誠四郎も耳にしたことのある名前だった。

大久保今助《いますけ》は当年七十七歳。

常陸《ひたち》国出身の豪商で、江戸の市政に携わる一方で中村座の金主でもあった大物だ。

のみならず、鰻丼《うなぎどんぶり》の生みの親として有名な人物でもあった。

常陸国は鰻の名産地である。

養殖物が主流となった後世に至っても、現地には美味この上ない蒲焼きを供してくれる店が数多い。まして天然物ばかりの当時には尚のことだった。

今助は大の鰻好きで、商用で江戸へ出向く折には必ず、船着き場の茶屋で蒲焼きと飯を堪能するのが常だったという。

ある日のこと、注文が遅れた今助は、船出に間に合わなくなりそうになった。

しかし、楽しみにしていた鰻を口にせぬまま出立しては心残りである。

そこで今助は丼に急ぎ盛らせた熱々の飯に蒲焼きを載っけて蓋をさせ、持ったまま通船に乗り込んだ。

大好きな鰻を無駄にしたくない一心で、とっさに試みたことであった。

かくして船上の人となった今助が蓋を開けてみたところ、蒲焼きは飯の熱に蒸されて柔らかくなっており、たれが丼飯に程よく染み込んでいた。

口にしてみると、実に美味い。これは商いになると思い立った今助が売り出したところ鰻丼は大評判となり、地元の常陸国はおろか江戸市中でも好評を博するに至った。

今助が金主を務める中村座でも鰻丼は幕の内の食事として人気が高い。許しを得た界隈の店々ではこぞって鰻丼を作るようになり、今や定番の一品となって久しかった。寛大な性分の今助は店々から口銭《こうせん》（マージン）を取らぬ代わりに、中村座へ割り前を寄越すように取り計らってくれていた。

お玉の父の弁三も、そんな鰻長者に可愛がられていた一人だったのである。

お玉は父親ともども親切に面倒を看てくれた今助のたっての頼みで、斉昭を失脚させる謀略に加担したのだ。

「それにしても稀有なこったな」

物干し場の隅に並んで座したまま、誠四郎は天を仰いだ。

濡れた着物の代わりに、たまたま陽に干してあった褞袍を羽織っている。

「士分に取り立てられて水戸様にお仕えしていなすったのは俺も知ってるがよ、元は町人の旦那がそこまで御家騒動に合力《ごうりき》するたぁ思えねぇ。ほんとかい？」

「あんたは知らないだけですよ」

お玉はきっと目を剝いた。

「誰だって旦那と同じ目に遭いなすったら、水戸様をお恨みするでしょうよ……」

去る文政十三年（一八三〇）十月に斉昭が新藩主の座に就いたとき、家中の士分として反対派に与《くみ》していた今助も、実は処分されるはずだったという。

町人上がりにも拘わらず、腹を切らされかけたのだ。

そこで斉昭は水戸藩の財政に貢献するのを条件に、助命を持ちかけた。情けを掛けたと言えば聞こえはいいが、体《てい》よく利用したのである。

かくして見逃されたものの代償は大きく、財産を注ぎ込む羽目になった今助は零落《れいらく》してしまったのだ。

これでは斉昭を恨んだとしても当然だろう。

十九

「そうだったのかい……」

想像だにしていなかった斉昭の暗部——弱みに付け込んで商人を食いものにしていたという事実を前にした誠四郎は、言葉を失うばかりだった。

だが、いかに世話になった人物への恩返しとはいえ、お玉がみすみす犠牲になるいわれはあるまい。

まして彼女が死んだ次郎吉に同情して盗みを始めたわけではなく、刑死したのも自業自得と思っているならば尚のこと、馬鹿な真似を止めさせなくてはならなかった。

そのためには今助に復讐を諦めさせ、不穏分子と手を切らせるべきだろう。

「お前さん、構わねぇな？」

「でも……」

「手前が利用されているってことが、まだ判らねぇのかい！」

我知らず、誠四郎は声を荒らげていた。

「お前さんだけじゃねぇや。大久保の旦那も、同じこったぜ」

「え⁉」

「俺ぁこれでも直参の倅よ。さむれぇってのは、御家のためってお題目が立ちさえすりゃ他人様を丸め込むことを憚《はばか》りゃしねぇ。このまんまじゃ、旦那も危ねぇ……」

告げながら、誠四郎は募る怒りを禁じ得ずにいた。

話を聞いてみれば、水戸藩の主たる斉昭が一番の悪人ではないか。

士分として藩に仕えていたとはいえ、今助は生粋の武士ではない。

斉昭が藩主になるのを阻んだ保守門閥派に加担したのも当人の意志などではなく、周囲の藩士たちに強いて誘い込まれた上でのことと見なすべきであろう。

にも拘わらず、保守派を退けた斉昭は非情な処分を下し、今助を助命した見返りに家財を召し上げさせたのである。

（名君が聞いて呆れらぁ！）

誠四郎は失望せずにはいられなかった。

敬意を抱くというほどではなくとも、御三家の中では気骨のある人物だと見込んでいた水戸斉昭に、すっかり裏切られた気分だった。

どうにも腹立たしい限りだが、思い込みだけで激していては何も始まるまい。

事の真相を突き止めよう。

誠四郎は改めてそう思い至っていた。

ともあれ、大久保今助当人に会ってみるのが先決であろう。

「どちらに居なさるんでぇ、早く教えな」

「酷《ひど》い真似なんざ、しないでしょうね？」

「当たり前よ」

おずおずと問いかけるお玉に、誠四郎は即座に請け合った。

「俺が怒っているのは水戸っぽの腐れざむれぇ共のことよ。旦那がどう言いくるめられたのかは、直々に確かめてくらぁな」

「信じていいんですね？」

言い募るお玉の表情は真剣そのものだった。

「安心しねぇ」

誠四郎は努めて微笑む。

激してはいても、我を見失っているわけではない。

御家騒動に巻き込まれて理不尽にも零落させられたという、哀れな分限者のことを痛め付けようなどとは微塵も考えてはいなかった。

二十

お玉が教えてくれたのは中村座から程近い、両国の裏店だった。

「ひでぇとこだな」

誠四郎が暮らしている長屋の比ではない。

訪ねた一棟は、とりわけ惨憺《さんたん》たる有り様だった。

零落した大久保今助は病を得て久しく、余命いくばくもない老体を廃屋も同然の長屋に横たえていた。

「お前様は……？」

「玉さんの存じ寄りだよ」

病床から首をもたげた老爺に、誠四郎は続けて言った。

「それとな、水戸藩のやり口に怒っている者だと思ってもらおうか」

「何ですと」

「玉さんを鼠小僧に仕立てたのは、お前さんの本意なのかい？」

ずばりと問うた誠四郎に、今助は戸惑いの表情を浮かべた。

「ぜんぶ当人から聞いてきたのさ」

長屋の両隣は空き部屋である。

誠四郎は声を低めることもなく、無言の老爺に言い募った。

「あんたさえ止めろと言ってくれりゃ、お玉さんには水戸から手を引かせるぜ」

「ま、真実《まこと》ですか……」

今助はかっと双眸《そうぼう》を見開くや、痩せ細った腕を誠四郎に伸ばしてくる。

「しっかりしねぇ」

誠四郎は思わず手を伸ばしていた。

彼もまた武士であり、この老爺にとっては疎ましい存在の一人なのだろう。

だが自分は、欲得ずくで人を陥れたりする手合いとは違う。

藩政改革とやらで多額の資金を必要としているからといって、不利な立場になった豪商を破滅させて良いはずはない。

かかる非道を働きながら涼しい顔をしている糞大名と、同じに見てもらっては困る。

そう思い込めばこそ、誠四郎は老爺に救いの手を伸ばさずにはいられなかったのだ。

その手を握るや、今助は涙をこぼした。

「慚愧《ざんき》に堪えぬとは、こういうことにございます」

「さっくりと訳を話してくんねぇ」

「はい……」

明かされた内容は許し難いものだった。

水戸藩の不穏分子は病身の今助に強いて命じ、玉を動かすよう強制したというのだ。

今助が中村座の金主であり、役者たちから絶大な信頼を勝ち得ていたことは、水戸藩もかねてより承知の上だった。芝居小屋には軽業を得意とする者が数多く、それが男だけに限らないというのも判っている。

そこで不穏分子はお玉に目を付け、鼠小僧に仕立て上げたのだ。

とはいえ、今助を責めるのは酷というものだろう。

たしかに水戸藩の悪藩士どもは許し難い存在であり、仕置きに値する連中だ。

しかし、この今助も被害者の一人なのである。

公には言い立てることの叶わぬ水戸藩への——自分に非情な処分を下した斉昭への恨み

を不穏分子の一団に託し、結果として協力するに至ったのも、止むにやまれぬ行動だったと見なしてやらなくてはなるまい。

それに、当人はもう十分に反省していた。

「お侍様……」

はらはらと夜着《よぎ》に涙をこぼしつつ、今助は言った。

「あれは小さな頃から、素直な子にございます。どうか……あの子と父親の弁三を救ってやってくだされ……」

「任せておきねぇ」

苦しい息の下から懇願する今助を、誠四郎はそっと寝かしつける。

胸の内には、更なる怒りが募ってきていた。

（許せねぇ）

不穏分子どもはもとより、水戸斉昭も同罪と言えよう。

かかる騒動を招いたのも、水戸藩主たる斉昭の監督不行届に始まっているのだと誠四郎は断じていた。

思い込みと言われればそれまでなのかもしれないが、大久保今助、そしてお玉と弁三の父娘が御家騒動に巻き込まれてしまっているのは事実である。

誰であれ、他人の都合で好き勝手に牛耳られては堪るまい。まして武家の揉め事に無辜《むこ》の町人が加担させられたとは、理不尽この上ない話であった。

誠四郎は大身旗本の子でありながら、武士の論理では物事を考えていない。

生家を飛び出し、市井で無頼の日々を送るようになっていればこそ、公平な目で物事を見ることもできるのだと思い定めていた。

そんな誠四郎にとって、今や水戸三十五万石は唾棄《だき》すべき対象でしかなくなっていた。

誠四郎は勇躍、中村座へ駆け戻っていく。

精悍《せいかん》な双眸は怒りに燃えていた。

二十一

折しも、芝居小屋の物干し場に乗り込んできた水戸藩の下士たちは、嫌がるお玉を引き立てていこうとしているところだった。

「言うことを聞かぬとあれば死んでもらうぞ、女！」

「お、お玉っ」

止めようとしたのは父親の弁三だった。

裏で騒ぎが起こったのを聞き付け、駆け付けたのだ。

とはいえ、他の役者衆に知られては事である。かつて金主だった大久保今助に絡んでの秘事が露見しては、元も子もない。

助けも呼べぬまま、弁三は果敢に飛びかかっていく。

しかし、かつての名優も四肢は衰えきっていた。

「おのれっ」

突き飛ばされた弁三が斬られそうになったところに、誠四郎が飛び込んできた。

「何者か⁉」

誰何《すいか》した若い下士が、ぐわっと蹴り上げられた。

刀を抜く余裕も与えられはしない。

誠四郎は物も言わず、居並ぶ侍たちを一蹴していく。

「ひ、退けっ」

退散していくまで、誠四郎は終始無言のままだった。

幸いにも、お玉と弁三に怪我はなかった。

「後のことは任せてもらおう」

「本多様……」

「お前たちはよ、大久保の旦那をしっかりと看て差し上げるんだ。それが何よりの恩返しってもんだぜ」

父娘にそれだけ言い置き、誠四郎は中村座を後にした。

かくなる上は裏の稼業人として、決着を付けるより他にあるまい。

この父娘、そして大久保今助が罪に問われないようにするためには、水戸藩を懲らしめなくてはならないのだ。

二十二

夕闇の迫る辻番所に、誠四郎は留蔵を訪ねた。連れ出された田部伊織も一緒である。

「水戸様に喧嘩を売ろうってのかい、誠の字？」

「水戸様じゃねぇや。糞大名だ」

「……」

斉昭への罵倒を交えて一部始終を聞かされた留蔵は、思わず生唾を飲んだ。

「お前、途方もねぇことを言い出しやがったな……」

どうやら、呆れてもいるらしい。

「それによぉ、誠の字……。お前さんは、仮にもご直参の子じゃねぇか?」

「だったら、どうしたってんだい」

誠四郎は不敵に笑って見せた。

「御三家だろうが上様だろうが、腐った真似を見過ごせるかってんだい」

恐れ知らずにうそぶくと、留蔵に向かって片手を突き出す。

「無料《ただ》でやるわけにはいくめぇよ。俺の取り分をさっさと寄越しな、おやっさんよ」

口調こそ荒っぽいが、留蔵一党に加わって事を成そうと言うのだ。

「おぬし、本気か」

押し黙った留蔵に代わり、伊織が問う。

「当たり前よ」

即座に答えた誠四郎は、不敵そのものの面構えをしていた。

「その心意気は、良しとしようぞ」

伊織は淡々とした口調で言った。

「されど、斉昭侯に矛先を向けるのは筋違いであろうぞ」

「何を言うんだい、伊織さん?」

「落ち着いて考えることだ」

戸惑う誠四郎を、伊織はじっと見返す。

端整な顔に浮かぶ表情は、冷静そのものだった。

「たとえ悪人であろうとも、上に立つ者が空しゅうなれば国の政は乱れる。斉昭侯が万が一にも死したときには水戸藩のみならず、日の本の六十余州が揺らぐことになろう」

「……………」

「除くべきは獅子身中の虫どものみぞ。ゆめゆめ、逸《はや》ってはならぬ」

伊織の説諭に、誠四郎は無言で耳を傾けていた。

たしかに、水戸徳川家の当主が落命すれば一大事である。それは新藩主を擁立しようと企図《きと》する不穏分子どもにとって、むしろ喜ばしいことでもあるのだ。

それだけではない。

伊織が指摘する通り、天下が動揺するのも必定だった。

「とさかの血は下がったかい、誠の字」

頃や良しと見て、留蔵が口を挟んできた。

「どっちにしても、こいつぁ大仕事だぜ？」

「……おやっさん」

見返す誠四郎に、留蔵は続けて問うた。

「水戸の殿様に刃を向けるわけじゃねえにしても、あのお屋敷に乗り込んでしくじったとなりゃ膾《なます》斬りにされるのが落ちだ。お前さん、その覚悟ぁできてんのかい」

「……ああ」

しばしの間を置いて答えた誠四郎の声色は、存外にしっかりしたものだった。

さっきまで血走っていた目の色も、今や鎮まっている。

「そこまで腹を括っているんなら、もう四の五の言うめぇ」

溜め息を吐くと、留蔵は傍らの籠を引き寄せる。

「あの野郎、また押しかけてきやがってな……さすがに断れずに受け取っていたのよ」

聞けば、斉昭の身を案じる家中の奉公人たちが誰から命じられることもなく、めいめいに出し合ったものだという。

「わかるかえ、誠の字よ」

留蔵は淡々と、つぶやくように説き聞かせる。

「同じさむれぇの目から見れば糞大名なのかもしれねぇが、水戸様は下々の奉公人からもこんだけ慕われていなさるんだ。てめぇの思い込みだけで物事を判じちゃいけねぇよ」

「……………」

誠四郎は黙ったまま、古畳の上に拡げられた紙包みを見やる。

ほとんどが鐚銭《びたせん》だった。

ぜんぶ合わせたところで、せいぜい二分か三分といったところだろう。

大の男が三人、命を張るにはとても値せぬような端金《はしたがね》だった。

しかし、留蔵の態度は淡々としていながらも真剣そのものである。

陸尺の勝平が奉公人の皆から預かってきた銭の山は、鐚銭の一枚一枚に水戸斉昭の身を案じる想いが満ちている。

そう思えばこそ、留蔵は迷った末に受け取ったのだ。

そんな心のこもった金ならば、伊織と誠四郎にも受け取る値打ちがあると言えよう。

奉公人たちは不穏分子の暗躍はもとより、斉昭の暗部も知らない。

芝居小屋の父娘と大久保今助に苦難を強いたとはいえ、藩邸で働く彼ら彼女らにとっては唯一無二の名君なのだ。

その志を汲むからには、まさか斉昭当人に危害を加えるわけにはいかないだろう。

「……伊織さん」

誠四郎が口を開いた。

「痴《し》れ者どもさえ片付ければ、目も醒める。そういうわけかい？」

「左様」

頷くや、すっと伊織は腰を上げた。

「されば参ろうぞ」

「ああ」

伊織の一言に応じて、誠四郎は立ち上がる。

出陣していく二人を、留蔵は複雑な思いで見送るのだった。

二十三

小石川の水戸藩邸では、陸尺たちが揃って夕餉を摂っていた。

「大丈夫かねぇ、勝さん」

「心配するなって」

給仕の老女中が小声で問うてくるのに、勝平は頼もしく微笑み返す。

留蔵が依頼を受けてくれたからには必ずや、災厄は避けられることだろう。そう信じているのである。

折しも水戸藩の不穏分子たちが鼠小僧の仕業と見せかけ、斉昭を殺害する暴挙に出ようとしているなどとは知る由もなかった。

二十四

水戸藩は江戸定府《じょうふ》であり、藩主の徳川斉昭は藩邸内の私室で寝起きしている。

その夜も伽《とぎ》の女人など呼ばず、独りで床を取っていた。

すでに夜四つ（午後十時）を過ぎている。

宿直の者を除いて皆、眠りに落ちた頃に変事は出来《しゅったい》した。

「！」

周囲の警護をしていた侍たちが、次々に突き倒されていく。

まさか家中の同輩が、つい先程まで夕餉の膳を並べていた者が凶刃を振るってきたとは誰も気付かぬまま、速攻で口を塞がれていた。

障子際に殺気が迫る。

斉昭は、むくりと起き上がった。

たくわえた髭も精悍な顔立ちである。

「何者か！」

鋭く誰何しながら、刀架に躙《にじ》り寄る。
鞘を畳に放り捨てるや、障子際に仁王立ちとなった。
つくづく烈公《れっこう》の異名に恥じぬ、豪胆きわまりない態度であった。
刹那、障子が開け放たれた。
十余名の刺客が竹田頭巾で顔を隠し、抜き連ねた刃を向けてきている。
「おぬしら……」
茫然としながらも、斉昭は刀を構えた。
しかし、多勢に無勢である。
「お覚悟を」
先頭に立った一人が、じりっと迫る。
刹那。
二つの影が、風を巻いて飛び込んできた。
誠四郎と伊織である。
共に面体を覆い隠している。
すべては、闇に葬るべきこと。そう承知していればこその装いだった。
「う！」

闇の中に苦悶の声が上がった。
誠四郎の『無刀取り』で抜き身を奪われるや否や、斬り伏せられたのだ。
伊織は馬針を放とうとはしなかった。
帯前の脇差の櫃《ひつ》から抜きざまに、敵の手首を裂いたのだ。
堪らずに手放した刀を、さっと伊織は奪い取る。
刹那、低く刃音が立つ。
伊織の太刀筋は鋭利そのものだった。
手の内を締めて打ち込んでいればこそ、刃音は低いものである。
派手に刃が鳴るのは、刀身の両側面に掻かれた樋《ひ》（溝）の音響効果に過ぎないのだ。
その点は誠四郎も同様であった。
二条の刀が続けざまに奔《はし》り、敵を倒していく。
最後の刺客を目がけて伊織の馬針が飛んだとき、死闘は終った。
二人は家中の不穏分子をまとめて返り討ちにし、斉昭の窮地を救ったのだ。
「おぬしたちは……」
「水戸様には拘わりなき、闇の世界に生きる者と思うていただきましょう」
斉昭の問いかけに、先に答えたのは田部伊織だった。

「我らは故あって、水戸様をお救い申し上ぐるため推参せし身。姓名の儀は、謹んで伏せさせていただきまする」

「……忝《かたじけ》ない。とまれ、衷心《ちゅうしん》より礼を申すぞ」

子細を問おうとはせず、斉昭は二人に目礼を寄越す。

応じて、伊織も深々と立礼をした。

一方の誠四郎は無言のままである。頭を下げようともせず、咎められぬのを良いことに仁王立ちになったままでいた。

「されど水戸様、これだけは申し上げておきまする」

「何か」

伊織の言葉に応じて、斉昭は怪訝そうに顔を上げる。

その耳朶を、真摯な一声が打った。

「お察しがついておられる通り、こやつらは貴藩の不穏なる輩が放ちし刺客にござる」

「わが家中の、か？」

「御意」

思わず語尾を震わせた斉昭に、伊織は続けて言った。

「獅子身中の虫は二匹や三匹とは限りませぬ。よくよく見定められし上で、速やかに禍根をお断ちなされよ」

　覆面の下から静かに言い渡す伊織に続いて、誠四郎も一言告げた。

「向後はせいぜい善政を敷いていただきましょうか、水戸様」

「何……」

「さもなくば、また同じことが繰り返されますぞ。大久保今助殿のような犠牲を出しては水戸徳川家のご威光は保たれますまい」

　武家言葉での忠告には、誠四郎の紛れもない本音が込められていた。

　相変わらず顎を昂然と上げたままの、不作法きわまりない態度であった。

　にも拘わらず斉昭が咎めようとしなかったのは、覆面の下から覗けて見える精悍な双眸が真剣そのものだったからだ。

　青臭い物言いだった。

　思い込みに満ちた言い種でもあった。

　だが、この名も知らぬ『無刀取り』の遣い手には、見紛《みまが》うことなき誠がある。

　その誠意を押しつぶしてはなるまい。

　斯様に判じればこそ、斉昭は一言も抗《あらが》いはしなかったのだ。

　もう十分だろうといった素振りで、年嵩の男——伊織が誠四郎の肩を叩いた。

「されば、御免」

慇懃に告げると、伊織は先に立って廊下へ出て行く。

後に続く誠四郎はもはや何も言わず、ほんのわずかに頭を下げていっただけだった。

二十五

かくして嵐は去った。

「………」

無言のまま、斉昭は鞘を拾う。

大久保今助の一件が誤解だということは、ついに口にはしなかった。

郷土の発展に尽力した彼を無下に死なせたくないと思えばこそ、四年前に斉昭は助命を決めたのである。

烈公と呼ばれる斉昭もさすがに地元の名士であり、領民たちから慕われて止まない今助を処刑してしまうには忍びなかったのだ。

だが、温情ばかりを示していては政は立ちゆかない。

命を救う代わりに懲罰金を課したのは、家中に対するけじめだったと言えよう。

むろん、このような裁定を下せば家中の重職たちが今助の弱みに付け込み、必要以上に甘い汁を吸おうとするであろうことも予想できていた。

しかし、理不尽なる搾取に見舞われたとはいえ、藩主の特権を行使して救済するというわけにはいかなかった。

経緯はどうあれ、士分として取り立てられた水戸徳川の家中で、今助が自分と対立する保守門閥派に加担したのは事実なのである。

責を取らせずに事を済ませては、斉昭は家中の者たちから軽んじられてしまう。

そうなってしまっては、水戸藩政の改革など実現できるまい。

理想に燃えて対立候補を退け、決然として藩主の座に就いた斉昭である。

たとえ胸の内では心苦しくとも、水戸三十五万石の太守《たいしゅ》として突き進むためには、今助の窮状を看過するより他になかったのだ。

その裁定を利用して哀れな今助を絞り尽くしたあげく、斉昭をも追い込もうと企図した悪の走狗《そうく》どもは今や滅された。

自分が悪者と思われても、致し方あるまい。

ともあれ今夜の変事はすべて闇に葬り、伊織の助言通りに、家中の不隠分子の一掃を速やかに進めるつもりであった。

「……似ておるの」

伊織と共に去りゆく誠四郎の後ろ姿を見やりつつ、斉昭はぽつりとつぶやく。

かつて無二の忠臣として自分を守ってくれた森清太郎《もりせいたろう》――辻風《つじかぜ》弥十郎の姿を、誠四郎の中に見出していたのかもしれなかった。

二十六

以来、二代目鼠小僧は江戸から姿を消した。

「たまにはよぉ、また現れてくれりゃいいんだけどなぁ」

誠四郎は長屋で独り、空きっ腹を抱えている。仕置き料の分け前は、とっくに日々の食費と髪結い代に消えてしまった後である。

と、そこに出前が届いた。

「おいおい、頼んじゃいねぇよ」

「お代は済んでおりますよ。ご安心を！」

山と置いていかれたのは、鰻丼の出前であった。

（こいつぁ……）

思わず、誠四郎は生唾を飲み込む。

お玉の計らいに違いない。

鰻と来れば大久保今助というのは、江戸っ子たちの常識である。

かつて彼が江戸で売り出して評判を取った鰻丼の店を、あの父娘は始めたのだ。

丼に盛られた飯は、ほかほかと暖かい。

米の質が多少悪かろうとも問題はなかった。炊きたての飯の温もりが保温剤となり、鰻の旨みを保ってくれれば良いのだ。

そして飯には鰻とたれの味が染み渡り、更なる妙味を醸《かも》し出す。米不足の打ち続く昨今こそ、望ましい一品と言えるだろう。

しかし、いつまでも味が変わらぬものではない。

「独りで食い切れるもんじゃねぇぜ」

苦笑しつつ誠四郎は立ち上がる。

目ざとい長屋のちび連に見付かる前に留蔵と伊織に、そして佐吉に一膳ずつ届けてやるつもりだった。

三太たち男の子はもとより、お梅はとりわけ食い意地が張っている。このぐらいの丼物なら、ちいさな体で二杯はぺろりと平らげてしまうに違いない。

先日の芋の礼に馳走してやるのは構わないが、腹を壊されては困る。

ともあれ、大人たちのほうが優先である。

「ったく、手間のかかるこったぜ」

ぼやきつつ、三つの丼を盆に載せる。

腰高障子を引き開ける若者の横顔は晴れやかだった。

解説 「爽快大活劇」

菊地《きくち》秀行《ひでゆき》
（作家）

本作に収められた牧秀彦氏の三短篇は、どれもTV時代劇に似た爽快さに満ちている。

これを、お手軽で薄っぺらなご都合主義と解釈されては困る。

そもそも、劇場用時代劇が時代の流れに抗すべくもなくTVへ移行したとき、最もスムーズに視聴者の精神《こころ》を捉えたのは、その持つ爽快感だったのである。

無論、他にもあった。最初の『水戸黄門』など、そのセット、小道具の入念で細かい仕事ぶりなど、今の眼で見れば驚嘆に値する。

だが、時を経るにつれ、様々な要因――ロケ地不足、社会的不景気等――がTVをも圧迫し、何処かで見たセット、あっちにもこっちにも出演しているキャスト、模擬刀もふり廻せない若手、百年一日のごとき凡庸なストーリイらが眼に付くようになった。

いかにも時代劇というロケ地、鮮やかに殺陣をこなす新人、眼を見張る斬新な脚本等、良きものはあまりにも早く失われてしまったのである。

のである。

だが、爽快感だけは失われなかった。これこそは、時代劇が根源的に有する美質だったのである。

反論を覚悟で申し上げれば、時代劇というものは、『ハリー・ポッター』や『指輪物語《ロード・オブ・ザ・リング》』に匹敵するファンタジーなのである。ファンタジーが甘いものだなどとは口が裂けても言わないが、そこには必ず、一様の爽快感が揺るぎなく存在する。

人間が生きる限り、逃れようもない社会の理不尽、人生の酷薄さ、これらのアンチテーゼを、人々はあり得ない夢物語《ファンタジー》に求めるのだ。

老人を狙う卑劣な詐欺や、弱い者が犠牲となる虐めや殺人、のみならず法に則った悪や、法を作るべき者たちの不正さえ私たちは知っている。それらへの報いが、決して納得できるものではないこともまた。現代の悪に対して、私たちは為す術を知らない。

だが、時代劇ならば——正義感と二振りの刀がそれを可能にしてくれる。

一時間のドラマの終幕において、秘剣あげは蝶は悪を断ち、縮緬問屋のおっさんが掲げる印籠は、どのような権力者にも膝をつかせてしまう。善良な鍼医の操る鍼が悪党のぼんのくぼを貫き、あっしには関係ねえと世間に背を向けた無宿者の楊子と長短刀《どす》が、善良な者を苦しめるやくざの胸を刺し貫くのと等しい爽快さがここにある。

今や他のドラマには決して求められない——刑事ものにさえ——TV時代劇だけが持つ

魔法こそがこれだ。

そして、牧秀彦の諸作こそは、この爽快さを最も正統に受け継いだ小説世界の嫡子なのである。

私の経験からすると、本篇の前に解説を読んで小説世界を知り、すんなり入っていこうとする読者が殆どである。である以上、解説者は、本篇に入ってからの興をそがない程度に、その欲求に応えねばならない。

本作の設定からすると、主人公は、辻番の留蔵《とめぞう》と浪人の田部伊織《たべいおり》であるべきだ。老爺といってもいい留蔵と、悠々自適の浪人たる伊織とは、弱い者を泣かせる誤義漢の抹殺を裏稼業とする闇の仕置人だからである。

だが、これでは某TV番組のパロディになってしまう怖れがある。この危うさを、作者は巧みにも別の――二人の裏稼業を知りながらも距離を置き、しかし、自ら抑え切れない義憤の迸りをもって、結果的に彼らと同じ行動を取る若侍――本多誠四郎《ほんだせいしろう》を主人公に据えることで見事に乗り切った。

その出生ゆえに大身の旗本の息子でありながら弟に家督を譲って無頼を気取りつつ、胸の中には弱者への労りを忘れず、彼らへの理不尽が我慢の限界を越えたとき、柳生新陰流の秘技をふるうこの人物を創造したことで、本シリーズの成功は決定を見た。

留蔵と伊織の〝仕置〟にどこか一本気な誠四郎が関わらなかったら、悪党を殲滅《せんめつ》するとはいえ、その殺しには常に暗い翳がつきまとうことになったろうし、誠四郎もまた、彼のふるう怒りの刃に、関係する者たちの、悪に対する情報の裏付けを欠いていたとすれば、少なからぬやり切れなさが残ったであろう。いわば、互いに結びつくことのなかった陰と陽とが、悪への怒りという一点でうなずき合ったとき、この物語は成立するのである。見事な設定というべきであろう。

物語の成立において、さらに注目すべきは誠四郎の立場である。本作中の敵の多くは、実はその身分において、誠四郎の本多家に劣る。身分制度絶対のこの時代においては、誠四郎が実家を動かせば、悪の芽を摘むことも不可能ではないのだ。誠四郎が巧みに正体を隠して敵を討てば、極端な話——親が後始末をしてくれるのである。誠四郎もそれを心得ているから、必殺の剣を取る前に、精神は少なからず揺れる。この葛藤が、本シリーズを、他の時代小説から際立たせているオリジナリティといってもいいだろう。作者がどんな巧妙な手段でここを処理しているか——それは読んでのお楽しみである。

時代小説に、現代的なテーマを盛り込むことは、すでに常識だが、本作の第二話「妹背の山」はその見事な典型である。

なんといま流行り（といっていいか）のストーカーが登場し、ヒロインをさんざんに苦しめる。この人物像もやり口も、江戸時代に浸りながら、たやすく現代のそれを連想させてしまうのは、作者の腕であろう。

時代小説ならではの身分制度を笠に着た剣客を始末する第一話「松風薫る」も、実在の名物大名の光と陰とにまつわるお家騒動の一席「鼠小僧異聞」も、現代社会に容易に当て嵌め得る、極めて現代的な要素を含む快作である。

江戸時代の万象に関する作者独特の蘊蓄《うんちく》を愉しみつつ、読者は悪の所業に怒り、弱者の窮状に涙し、そして、静かに爆発する三人の男たちの破邪必殺の技に思いきり溜飲を下げるのだ。三篇どれを読んでも、この流れに読者を引きずりこむ作者の手際には、舌を巻くしかない。

そして、何よりも、江戸の町を、明るく、笑顔と笑い声とを絶やさず生き抜いていく子供たち。

本作を読了した読者の脳裡に残るのは、留蔵と伊織の面影でも、誠四郎の剣の技でも、可憐なる娘たちの美貌でもない。

貧しく汚ならしく、けれども魂だけは光りかがやく子供たちの姿——それこそが、本シリーズの爽快感を支える原点なのである。

平成二〇年一月四日
『六人の刺客』を観ながら

光文社文庫

文庫書下ろし／連作時代小説

電光剣《でんこうけん》の疾風《かぜ》

著　者　牧《まき》　秀《ひで》彦《ひこ》

2008年2月20日　初版1刷発行

発行者　駒　井　稔
印　刷　慶　昌　堂　印　刷
製　本　榎　本　製　本

発行所　株式会社 光　文　社
〒112-8011　東京都文京区音羽1-16-6
電話　(03)5395-8149　編集部
8114　販売部
8125　業務部

ISBN978-4-334-74386-4　Printed in Japan

お願い　光文社文庫をお読みになって、いかがでございましたか。「読後の感想」を編集部あてに、ぜひお送りください。

このほか光文社文庫では、どんな本をお読みになりましたか。これから、どういう本をご希望ですか。

どの本も、誤植がないようつとめていますが、もしお気づきの点がございましたら、お教えください。ご職業、ご年齢などもお書きそえいただければ幸いです。当社の規定により本来の目的以外に使用せず、大切に扱わせていただきます。

光文社文庫編集部